Liliane Spandl (Hrg.)

Ferien Feste Feiern

AF140804

Liliane Spandl (Hrg.)

FERIEN FESTE FEIERN

Die schönen Zeiten des Lebens

ODENWALD-VERLAG

Bibliografische Information der Deutschen Nationalbibliothek:
Die Deutsche Nationalbibliothek verzeichnet diese Publikation in der
Deutschen Nationalbibliografie; detaillierte bibliografische Daten sind
im Internet über dnb.dnb.de abrufbar.

Titelfoto: Eva Kaliwoda_pixelio.de

Herausgeber: Odenwald-Verlag

Lektorat, Satz, Layout, Covergestaltung:
Odenwald-Verlagsservice
Nalsbachring 11
64853 Otzberg
Tel./Fax: 06162 71899
Mail: kontakt@odenwald-verlag.de

© 2019
Herstellung und Verlag: BoD – Books on Demand, Norderstedt
ISBN 978-3-73922-552-4

Inhaltsverzeichnis

Statt eines Vorwortes

Das Beste gegen Sonnenbrand?
Ferien im Sauerland!
(Kalenderspruch)

Das Semester ist dazu da,
um sich von den Ferien zu erholen.

Wenn die großen Ferien zu Ende gehen, wenden sich Millionen
glückstrahlender Gesichter der Schule zu –
die Gesichter der Mütter.
Kalenderspruch

Die besten Reisen, das steht fest,
sind die oft, die man unterlässt!
(Eugen Roth)

Wenn alle Tage im Jahr gefeiert würden,
wäre Spiel so lästig wie Arbeit.
(William Shakespeare)

Das schönste an einem Feiertag ist die Aussicht
auf einen zweiten. Daher ist der letzte stets ein Aschermittwoch.
(Jean Paul)

Ein Leben ohne Feste ist
wie eine lange Wanderung ohne Einkehr.
(Demokrit)

Klaus Brunn

Sag einfach Ja!

Pull your socks up, put your suit on
Comb your long hair down,
For you will be wed in the hour
(Rolling Stones aus ›Dear Doctor‹)

Wie konnte ich nur so dumm sein? Ich hätte nicht ›Ja‹ sagen dürfen. Das heißt, noch habe ich es nicht gesagt. Aber jetzt ist es zu spät und draußen sitzen die Verwandten und Freunde. Für die ist das ein Heidenspaß, dass ich da vorne stehe. Ich riskiere mal einen Blick durch die Tür. Verdammt, da kommt Andy.

»Na, bist du aufgeregt? Blöde Frage, die Aufregung läuft dir ja in Strömen die Stirn herunter. Hier hast du ein Taschentuch. Mensch, deine Krawatte – so kannst du nicht rausgehen. Kümmert sich da niemand drum? Warte mal, so jetzt! Ich geh mal vor, ja. Das wird schon. Du brauchst bloß ›Ja‹ zu sagen – mehr nicht. Also, bis gleich.«

Der hat leicht reden. »Ja« sagen – und wie geht's dann weiter? Ich habe jetzt schon wachsweiche Knie. Ruhig bleiben. Schau in den Spiegel, ordne dich. Du gehst da raus, stellst dich vor den Altar und wartest, bis die Braut hereingeführt wird. Dann Taa tatata. Eben das übliche Prozedere und wie Andy gesagt hat: Der Pfarrer spricht und du sagst nur »Ja««.

Nur »Ja«‹! Als ob alles so einfach wäre. Also, wie sehe ich aus? Scheitel gerade. Krawatte okay! Das Sträußchen steckt zu weit in der Tasche; ein bisschen rausziehen. Ich denke, so ist es okay. Wie lange noch? Zehn Minuten. Und dann: zwischen der Bankreihe durch, schnurstracks zum Altar und warten bis Astrid kommt. Wir beide hören zu und sagen: »Ja«‹! Erst sie und dann ich.

Hat alles seine Ordnung. Warum hab ich das getan? Ich schaff das nicht. Jetzt ist es zu spät und ist nicht mehr zu ändern. Ich könnte mich ohrfeigen. Verdammt, nun habe ich mir den Schnürsenkel aufgetreten. Könnte da nicht mal einer ... komm lass gut sein, alles muss man selbst machen. Pass auf, dass die Hose nicht zu sehr zerknittert. Thomas hat's schon hinter sich. Michael auch. Und Uwe. Und Felix. Und was weiß ich wer noch. Also werde ich das auch hinkriegen. Aber danach werd ich keine Ruhe mehr haben. Ich hör schon all die guten Ratschläge und dann die Besserwisserei: Hättest besser mal dies und jenes, du hast nicht gelacht, man hat dich gar nicht gehört.

Auf jeden Fall muss ich noch mal aufs Klo. Ist ja gleich da hinten. Und noch hab ich Zeit. Puh, stinkt das hier. Aah, tut das gut. Schnell wieder zurück. Stopp, Hände waschen nicht vergessen! Ein paar Minuten noch. Mann ist das warm in dem Anzug. Denk daran: immer geradeaus gucken. Nicht nach links und nicht nach rechts. Die ganzen Freibiergesichter muss ich nicht sehen. Und bloß keinen Frosch im Hals. So wie Uwe. ›Wollen Sie Uwe ... bla, bla, und so weiter‹? Und Uwe antwortet: »Gulp«. Alles hat getobt. Muss nicht sein. Na, das Leben geht danach schließlich weiter, ist ja nicht so, dass ... »Nun komm, es ist soweit. Los jetzt.« Andy Dandy treibt mich vor sich her, als würde er da vorne stehen.

Herr, schick eine Sintflut und spül mich wohin du willst, nur nicht da raus. Aber wenn ich da nicht raus gehe, massakriert mich Astrid. Und nicht nur die. Also, durchzählen: Eins, zwei, drei und auf die Tür. Meine Güte, ist das voll. Alle warten und der Pfarrer steht auch schon da. Sag »Ja«. Einfach nur »Ja«. So, nun immer geradeaus schauen. Da sitzt Malte. Lacht der etwa? Nix gucken, laufen. Den halben Weg hab ich schon geschafft. Achtung, da liegt ein Kabel. Blödmänner. Bleib im Rhythmus der Musik. Wer hat das eigentlich komponiert? Wagnerson oder so ähnlich. Mir auch egal. Sag einfach »Ja«. So, endlich geschafft. Jetzt habe ich die ganze Meute im Genick. Wie die mich anstarren. Ob sie mich bemitleiden? Ist meine Hose gerutscht? Hat sich beim Laufen fast so angefühlt. Wie der Pfarrertyp mich anschaut. Vielleicht habe ich vergessen auf dem Klo mir den Hosenschlitz zuzumachen. Das wird es sein. Deshalb hat Malte so gegrinst. Unauffällig zur Seite drehen und nachschauen. Nee, alles zu. Glück gehabt. Aber was schaut der Pfarrer denn so, ist wohl auch nervös? Achtung, Marsch Teil zwei – jetzt kommt Astrid. Getuschel. Geraune. Wie sie sie wohl zurechtgemacht haben? Na, ich werd es gleich sehen. Hoffentlich erschreck ich nicht. Frauen bekommen zu so was immer eine scheußliche Betonfrisur verpasst. Immer nur geradeaus gehen, Astrid. Und sag »Ja«. Einfach nur »Ja«. Da ist sie. Oh, Gott, schlimmer als ich dachte. Und ich muss jetzt auch noch pflichtschuldig lächeln. Aber auch mir haben sie pfundweise das Gel reingeschmiert.

Alle haben sie gejubelt, was ich für ein Glück gehabt hätte. Ja, ja. Die müssen ja nicht hier oben stehen. Das Gesicht des Pfarrers sieht aus, als ob er gleich platzt. Die Spots sind auch knallig heiß. Würde mich nicht wundern, wenn die Schminke wie Schokolade läuft. Auf jeden Fall lauf ich gleich – und zwar weg. Mir reicht es. Aber zu spät. Schon erschallt des Regisseurs Donnerruf:»Achtung: CLUB DER JA-SAGER - Montage-schnitt, die Zwölfte. Kamera läuft. Und: Action.« Ich weiß nur eins: Nie wieder Komparse! Ich sage nie wieder »Ja« zu so was. Und heiraten will ich auch nie.

ALEX DREPPEC

An bebenden Abenden

Tausend tanzend rotierende Nabelgegenden
umrunden einander, sich drehend und schwingend,
diese einander spielend Aufwind Gebenden
in leuchtenden Gegenden
an bebenden Abenden.
Sie branden aneinander mit sendenden und summenden
Neuronen, die sich im Flugwind Suchenden,
Findenden, sich tanzend Verbindenden
in leuchtenden Gegenden
an bebenden Abenden.
Sie sind mit schallendem Lächeln in der Schlinge der
Sphärenklänge,
im Gedränge der Menschenmenge Zunge an Zunge,
Wange an Wange
eng umschlungen zugange, für eine Wellenlänge
in leuchtenden Gegenden
an bebenden Abenden.
Sie verschwinden miteinander, diese neue Sünden
Erfindenden,
sie gehen mit den Händen behände den Stunden
auf den Grund, den verdunkelten, blendenden,
in leuchtenden Gegenden
an bebenden Abenden.

Sie sinken ineinander, erkunden und vollenden die Legenden,
die umeinander rotierenden, ineinander mündenden,
die der Lenden Lodern lindernde Gaben gebenden Liebenden
in leuchtenden Gegenden
an bebenden Abenden.

Muscheln naschen

Um die, die von Muscheln tuscheln,
mit frischen Muscheln zu überraschen
a) Muscheln fischen, b) Muscheln waschen
c) Muscheln beim Kochen nicht verpfuschen,
mit Weißwein ablöschen,
d) mit Muscheln zu Tische huschen,
e) frisches Muschelfleisch naschen.

Davor, danach, eventuell auch dazwischen:
Tische abwischen.

Schöpferkelle

Wer Schnittlauchverschnitt in den Quark reinhaut,
wer mit Bohnenkraut den Bohnen Kronen baut,
macht auch Geflügel, das alle beflügeln kann.
Also nehm' ich die Schürze und gebe Würze dran.
Sie werden sich um diese Nudeln prügeln:
ich werde den Teig mit dem Nudelholz bügeln
und schließlich die edelsten Adelsnudeln
ganz ohne zu hudeln mit Soße besudeln.
Wir planen die weltbesten Kirschtorten
da wo wir im Kochtopf den Hirsch horten.
Die Scholle wird, statt sich ins Meer noch zu retten,
sich freiwillig in feinen Meerettich betten!
Wundern wirst du dich: einst wird bis nach Flandern
die Kunde von unseren Flundern noch wandern.
Nach Schmoren, Sieden, Brodeln kommt's Schmatzen.
Und dann lassen wir noch die Eisbombe platzen.

Vögel, die bei Regen singen

Ich wünsch' dir
Vögel, die bei Regen singen,
vor der Tür und auch dahinter,
die Licht in deinen Dachstuhl bringen,
und Grillen, die auch noch im Winter
zirpen und auf Freiheit hoffen.
Mein lieber, bester Freund von vielen:
halte Tür und Augen offen
und bleib' stets bereit zu schielen.
Ich sitz' am Dachstuhlleiterrand,
von dem ich herzlich grüße:
glücklich bleibe deine Hand
und glücklich deine Füße.

Ich wünsch' dir
Meisen, die dein Haupt umkreisen,
eine Vierblattkleeblattplage,
guten Wein zu guten Preisen –
und das nur aus bester Lage.
Trink aufs Band zwischen uns Zweien,
es bleibt von großem Wert,
denn du bleibst bei Eseleien
stets das beste Pferd.
Ich will, das sag ich offen,
die Diät nicht hintertreiben
und trotzdem immer hoffen,
dass wir dicke Freunde bleiben.

Klangfarben und Schallquellen

Aufs Trommelfell fließen zum Grundschlag des Taktes
durch Hörmuscheln zwischen den Quarten und Quinten
die schnellen Synkopen des kommenden Aktes
zum Ort ihres Auftritts in Hirnlabyrinthen.

Der Gleichgewichtssinn will mit steppenden Füßen
sein Lob bis zu höheren Tönen verstimmen,
mit Ohren als Segel lässt er schön grüßen,
will er die Schallwellenberge erklimmen.

Pizzicato in Sätzen, die zugespitzt sitzen,
dann Tonsprung zur Sexte, zur siebten Septime,
als Ping-Pong des Klingklangs, als Zickzack der Blitze,
zu Klangfarben, Schallquellen, Terz und Dezime.

Neuronen-Bolero als Lohn macht die Party zur
Jagd, eine Note spürt das wohl mental schon,
Staccato, Vibrato, die Note auf Partytour
spritzt aus der Partitur, hin zum Zentralton.

Synapsen morsen ans Hörzentrum: Tangoschritt!
Cha cha cha heißt es in rhythmischer Rotation.
Ein vibrierender Hörnerv tanzt dann beim Fandango mit.
Die Noten als Boten der Toten, doch schon:

Hip Hop in Hit Clips als doppelter Kontrapunkt,
Ikonen sind raubkopiert, brutto wie netto,
wenn schon der Herzschlag im Rhythmus der Bassdrum funkt
hat hier bestimmt wer 'n Libretto in petto.

Das Schokoladenkastenkuchen-Randstück

Man soll sich bei Genanntem
gegen Pauschal-Urteile wehren.
Hier ist der Rand stets zu begehren.
Nicht wie bei Pizza und Verwandtem.
Es bietet Kennern mit Verstand Glück,
diesen Segen zu erstreben,
ich will überhaupt vom Leben
das Schokoladenkastenkuchen-Randstück,
denn der braune Rand, sonst dumm
und politisch zu verachten:
am Ende um den Mund herum
viel besser als es manche dachten.
Wenn ich mich selbst schon an den Rand drück
in Küchen überfüllter Parties,
will ich dann auch gern das Randstück.
Auch mit angedrückten Smarties.

Blumen!

Eine letzte Flasche Bier in der Hand
führt der Weg durch den Frost mich jetzt schließlich
nachhause.
Ein Schild verspricht »Blumen« in fast mannshohen Lettern,
einzeln angebracht, senkrecht die Wand entlang.
Einst hat es geleuchtet, jetzt bleibt es dunkel,
denn dort ist schon lange kein Laden mehr,
tags so wenig wie jetzt, man bestellt wohl im Netz,
der Rest Achtung langt nicht mal fürs Abmontieren.
Mein Atem steigt auf zum Schild hin als Wölkchen
bis ich plötzlich begreife: hier ist nichts zu betrauern,
denn was das Schild einst versprach, das will es jetzt fordern
und ich proste ihm zu mit erhobener Flasche.
Diese eisige Nacht könnte Blumen vertragen,
wir verschaffen der Forderung Geltung,
das Schild visuell und ich jetzt akustisch,
und »Blumen!« erschallt unser Wunsch in der Nacht.

Kunst auf der Zunge

Oft hatte ich mir bereits die in den Schaufenstern der Kunstgalerie präsentierten Werke angesehen. Neugierig versuchte ich, zwischen den offenbar anlässlich einer Vernissage heute dort versammelten Menschenmassen einige der neu ausgestellten Kunstwerke zu erkennen, als ein fein gekleideter Herr, der vor der Eingangstür in der Sonne stand, mich einlud, einzutreten. Ich betrat den Innenraum und durfte sofort zwischen Sekt und Orangensaft wählen. Sekt trinkend begann ich meinen Rundgang in dem Raum, der vom Raunen der anwesenden etwa zweihundert Personen erfüllt war. Ausgestellt waren die Objekte eines Künstlers, der wohl hauptsächlich mit verschiedenen Tierhäuten arbeitete. Das Material war sofort erkennbar, denn es war in der natürlichen Form belassen worden: man erkannte die verschiedenen Tierleiber, beinahe wie bei den Fellen, die man sich am besten mit einem direkt dahinter stehenden großen, braunen Fernseher aus den siebziger Jahren vorstellen kann. Die Häute waren in je nach Tiergröße unterschiedlich großen, teilweise also meterhohen Holzrahmen eingespannt – beziehungsweise so »eingenäht«, dass es aussah, als seien sie in einem Spinnennetz aus dickem Zwirn gefangen, der sich von den Rändern des Leders bis zum Holzrahmen spannte. Auf dem Leder befanden sich mehr oder weniger abstrakte Zeichnungen, die ich bei näherer Betrachtung als Tätowierungen identifizierte. Die bläuliche Farbe der Linien legte diesen Schluss nahe. Dargestellt waren sich liebende Pärchen. Es dauerte zwar einen Moment, bis man das erkennen konnte, aber dann war es eindeutig. Vereinzelt auf den Häuten belassene Haarbüschel standen wohl für das Haupthaar und andere behaarte Körperstellen der dargestellten Personen.

Kurz bevor ich meine Runde beenden konnte, verstummte das Gemurmel im Raum plötzlich. Eine charismatische, rothaarige Frau in einem engen, schwarzen Kleid hatte ein kleines Podium betreten und hob an, eine Rede zu halten. Mein wohl drittes Sektglas in der Hand, hörte ich ihr zu. Nach der Begrüßung des Publikums stellte sie den anwesenden Künstler vor, was mit rauschendem Beifall beantwortet wurde. Es handelte sich um einen stämmigen Iren mittleren Alters mit kurzgeschorenen Haaren. Seine wuchtigen Arme, an denen im Verhältnis auffällig grazile Hände hingen, waren stark tätowiert.

Sie beschrieb seinen Werdegang. Er sei einer der ersten Tätowierer, der es zu allgemeiner Anerkennung in der Kunstwelt gebracht habe, und es sei bemerkenswert, dass er sich selbst immer noch ausdrücklich als Tätowierer sehe. Sie zählte die internationalen Preise und Stipendien auf, mit denen er bisher überhäuft worden war, und betonte, dass es sich nur um eine Auswahl handele. Es sei ein großes Glück, dass sie einen Mann, der viele Angebote aus den attraktivsten Städten der Welt erhalte, in ihre Galerie habe holen können.

Sie schritt zu einer Beschreibung einzelner Kunstwerke und alle Blicke folgten ihren Händen dahin, wohin sie deutete. Nach ihrer Rede betrat der Ire das Podium und stellte sich neben sie. Er bedankte sich in wenigen, englischen Sätzen mit einem starken Akzent. Ich, der ich glaube, diese Sprache an sich zu beherrschen, verstand nur die gängigsten Floskeln. Schließlich kündigte er die Vorstellung seines neuesten Kunstwerks an, an dem die Galeristin auf besondere Weise beteiligt sei. Mit einer bedeutungsvollen Geste zeigte er auf sie.

Ich begriff nicht gleich, was sich jetzt abspielte, denn ich stand etwa fünf Meter vom Podium entfernt: die Galeristin öffnete den Mund – und streckte langsam ihre Zunge heraus. Diese schien für mich zunächst nur eine ungesunde Farbe zu haben. Schließlich erkannte ich: die Zunge der Galeristin war tätowiert. Ich konnte das Motiv nicht eindeutig identifizieren, aber es schien ebenfalls ein sich liebendes Pärchen zu sein. Gebannt schauten alle Anwesenden auf das exponierte Körperteil. Außer einem leisen, vereinzelten Murmeln war im Raum nichts zu hören – als ich laut loslachen musste. Die Szene hatte etwas wirklich Ernstes, Würdevolles gehabt, aber gerade der Ernst, mit dem die Galeristin ihre Zunge herausgestreckt hatte und mit dem das Publikum darauf reagiert hatte, hatten mich überwältigt. Meine Reaktion wurde bemerkt. Man war nicht gerade glücklich darüber. Ein kurzer, vernichtender Blick der Galeristin traf mich. Dieser wurde zwar dadurch in seiner Wirkung etwas abgeschwächt, dass sie noch immer ihre Zunge herausstreckte. Dennoch war ich tief getroffen. Das Kunstwerk herabzuwürdigen, war überhaupt nicht meine Absicht gewesen. Ich bin nicht der Meinung, dass Lachen eine irgendwie negativ zu verstehende Reaktion sein muss. Gerade skurrile und absurde Dinge empfinde ich manchmal als große Kunst und zeige meine Anerkennung gerne mit einem Lachen aus vollem Halse. Aber es war nicht das erste Mal, dass ich mit dieser Haltung alleine stand. Ich trank mein Glas aus und bewegte mich unverstanden und mit einem Gefühl der Einsamkeit in Richtung Ausgang. Auf dem Weg griff ich mir noch ein volles Glas Sekt, das ich auf meinem weiteren Weg in die Stadt trank. Es entspricht sicher nicht ganz dem guten Ton der besseren Gesellschaft, ein Sektglas einfach mitzunehmen, aber ich hatte an diesem Ort ja offenbar ohnehin nicht mehr viel zu verlieren.

Ich habe überlegt, ob ich noch einmal in die Galerie gehen soll, um die Galeristin zu bitten, mir persönlich einmal die Zunge herauszustrecken, damit ich das Motiv besser erkennen kann. Aber ich denke, das lasse ich lieber.

Dinner mit Freunden

Ich hatte einem guten Freund versprochen, ihm beim Kochen für eine größere Essenseinladung zu helfen. Eingeladen waren einige Kollegen meines guten Freundes, so wie er Journalisten einer Boulevard-Zeitschrift, und alte Studienfreunde. Diese Mischung hatte sich bei früheren Festen bewährt. Den freundschaftlichen Spott über die Art Journalismus, der der Gastgeber und ein Teil der Gäste nachgingen, hatten diese beispielsweise immer gelassen über sich ergehen lassen oder sogar mitgemacht. Diesmal sollte aber auch der Chefredakteur dieser Zeitschrift erscheinen. Der Gastgeber hatte ein zwiespältiges Verhältnis zu diesem Mann, wollte sich aber gut mit ihm stellen. Ich erwartete einen Abend in verkrampfter Atmosphäre. Schon das Essen schien mir biederer als bei den vorangegangenen Festen: es gab Schweinebraten.

Ich sollte die Soße machen. Dabei vertraute mir der Gastgeber. Er überreichte mir das Rezept und sagte: «Du machst das schon«. Die Soße wollte jedoch nicht so recht gelingen, sie blieb fade. Ich hatte ein paar Ideen, wie man sie retten könnte und wollte meinen Bekannten nach dem Standort diverser Gewürze in seiner Küche fragen, aber wir lagen nicht gut in der Zeit und er war schon unter Hochdruck dabei, letzte Vorbereitungen in der Wohnung zu treffen. Also suchte ich selbst und fand schließlich in einem der Küchenschränke verschiedene Gewürze und ein Glas voller getrockneter Pilze. Ich verwendete dies und jenes, nahm einige Pilze aus dem Glas, steckte sie in die kleine Kaffeemühle, die mein Bekannter zum Mahlen von Gewürzen verwendete und rührte sie unter. Zunächst entsprach das Ergebnis nicht meinen Vorstellungen, nachdem es aber noch eine kleine Weile gekocht hatte, war der Geschmack passabel. Das Essen war fertig.

Wenige Minuten später klingelten die ersten Gäste. Wir setzten uns und jeder bekam einen Aperitif in die Hand gedrückt, während in rascher Folge weitere Gäste kamen. Schließlich traf der Chefredakteur ein, ein großer, behäbig wirkender Mann. Daran, dass ich ihn zu meiner eigenen Überraschung sehr herzlich begrüßte, merkte ich, dass ich mittlerweile offenbar doch recht guter Laune war. Wir setzten uns zu Tisch und es wurde serviert. Der Chefredakteur schlug ohne Umschweife kräftig zu und viele taten es ihm nach. Vielleicht würde der Abend doch etwas zwangloser werden als erwartet. Jedenfalls wurde die Stimmung immer ausgelassener, es wurde viel gelacht, während auch ich selbst meinen Hunger stillte. Nur mein Freund, der Gastgeber, wirkte merklich verkrampfter als sonst. Seine Bemühungen um das Wohlbefinden der Gäste erschienen mir leicht übertrieben, er redete viel und aß wenig.

Dem Chefredakteur jedenfalls schien das Essen zuzusagen. Er lobte es etwa mit folgenden Worten: «Das Essen schmeckt hervorragend. Es ist eine Offenbarung des Herrn ... eine Botschaft ... seht nur». Er warf den Teller schwungvoll an die Wand und beobachtete mit verzücktem Gesicht, wie erst die Scherben, dann die Speise in Brocken herunterfielen und wie die Soße langsam die Tapete hinunterlief. Mir erschien das Verhalten des Chefredakteurs völlig natürlich, nur in einer kleinen Ecke meines Bewusstseins wunderte ich mich deshalb über mich selbst. Plötzlich wurde das Gesicht des Chefredakteurs länglicher und verlor seine Form. Meine Sitznachbarin sagte, sie fühle sich auf einmal so frei, mein Gegenüber sagte, ihm sei schwindelig. »Ich lege Musik auf«, hörte ich von irgendwoher zwischen hysterischem Lachen. Die Tafel verschwamm vor meinen Augen, das Gekicher der Gäste dröhnte in meinem Kopf, der langsam in meinen Teller sank. Laute Musik setzte ein, meine Sitznachbarin fing an, in den falschesten Tönen mitzusingen. Aus dem Augenwinkel sah ich, wie sie sich die Bluse aufknöpfte. Vorher schon hatte ich bemerkt, dass sie keinen BH trug. Ich versuchte, mich wieder aufzurichten, allerdings offenbar mit so viel Schwung, dass ich mitsamt dem Stuhl nach hinten umkippte. Jemand stand auf und wollte mir aufhelfen, überlegte es sich dann jedoch anders und legte sich neben mich auf den Boden. Der Gastgeber kam auf uns zu gewankt und fragte mich bleich von oben (er kam mir unglaublich groß vor), was ich in die Soße getan hätte. Ich sagte »Majoran, etwas Muskat, weiser Pfeffer, weise, hi hi, Nelken ... hi hi ... Nelken ... hi hi ... vielen Dank für die Blumen«. Plötzlich sah ich sehr deutlich Tom und Jerry vor mir und sagte: »Tom, warum bist du blau wie ein Schlumpf? Geht es dir nicht gut?«. Tom verwandelte sich zurück in den Gastgeber, rüttelte mich an den Schultern und fragte: »Was noch?«. »Ach ja, Pilze«, sagte ich lachend, »getrocknete Pilze«. Er antwortete mit einem jaulenden »Oh Nein«, wurde zuerst wieder blau, dann weiß und verwandelte sich danach in eine Riesenschlange, die den Chefredakteur daran hindern wollte, nackt aus dem Fenster im ersten Stock auf die Straße zu springen, was diesem schließlich jedoch trotzdem gelang.

Der Rest meiner Erinnerung ist verschwommen. Ich weiß noch, dass ich am Boden lag und ein weibliches Wesen mit Fischkopf und aufgeknöpfter Bluse auf mir saß und zu mir sagte »Lass uns tun, was die Erwachsenen immer tun« – oder so ähnlich. Mir war kotzübel, wofür dieses Wesen wenig Verständnis hatte. Dann aber sagte ich etwas wie: »Erwachsen! Du musst doch mindestens hundert Jahre alt sein! Nein, tausend! Tausend Jahre!«, und bekam einen Lachkrampf, während sie mich ohrfeigte. Ich bin nicht ganz sicher, was danach passiert ist, weiß aber noch, dass ich ganz beseelt war von der bahnbrechenden Erkenntnis, dass Tom von Tom und Jerry in Wirklichkeit kein Kater, sondern schon immer ein verkleideter Schlumpf war. Das ist einer der Gründe für meine heutige Vermutung, dass ich für so etwas wie Bewusstseinserweiterung nicht empfänglich bin. Höhere philosophische Erkenntnisse blieben jedenfalls aus. Meine letzte Erinnerung ist, dass ich wegrennen wollte, von mehrköpfigen, uniformierten Monstern mit unglaublich vielen Armen aber daran gehindert wurde.

Ich erlangte mein Bewusstsein auf der Polizeistation wieder. Auch der Gastgeber und ein Teil der Gäste waren dorthin gebracht worden. Wir wurden einzeln verhört, deshalb dauerte es Stunden, bis ich erfuhr, was tatsächlich passiert war. Bald drehten sich die mir gestellten Fragen immer wieder um die Pilze, die ich für die Soße verwendet hatte. Man hielt mir das Glas mit den restlichen der getrockneten Pilze vor. Ob ich sie mitgebracht hätte, ob ich wüsste, was für Pilze das seien und so weiter. Ich kann mich an das unangenehme Gefühl gut erinnern, das ich plötzlich hatte, als ich bemerkte, dass ich ohne Hosen und mit einer mir fremden Unterhose auf der Polizeistation saß. Auf meine Bitte hin gab man mir eine Decke, die jedoch so unangenehm kratzte, dass ich sie nicht benutzen konnte. Erst gegen Ende des Verhörs sagte man mir, dass es sich bei den Pilzen im Essen wahrscheinlich um eine Pilzsorte namens »Spitzkegeliger Kahlkopf« handele, der starke Halluzinationen auslöse. Deshalb würden sie von Kennern gesammelt und unter dem Namen »Psilos« als Droge konsumiert, allerdings wohl üblicherweise in geringerer Dosis als der, die wir unwissentlich zu uns genommen hatten.

Es gelang uns, den Vorgang gegen alle Verdächtigungen wahrheitsgemäß als Unfall darzustellen. Natürlich war mein Bekannter seinen Job los, was meiner Meinung nach jedoch seinen Horizont für den viel besseren Job öffnete, den er zwischenzeitlich gefunden hat. Was den Besitz von Drogenpilzen angeht, gibt es glücklicherweise keine ganz klare Rechtslage, jedenfalls, solange man nicht mit ihnen Handel treibt. Eine Anklage wegen fahrlässiger Körperverletzung hätte uns blühen können, wenn sich beispielsweise der Vorgesetzte meines Freundes bei seinem Sprung aus dem Fenster in immerhin etwa drei Meter Tiefe ernster verletzt hätte. Wir haben also noch Glück gehabt. Das stand auch in den Boulevardzeitschriften, die ihre maßlos übertriebenen Berichte über den Vorfall unter anderem mit Bildern des nackt durch die Innenstadt rennenden Chefredakteurs illustrierten, der von den Verlagsbesitzern ebenfalls gefeuert wurde.

Ich habe mir bei der ganzen Geschichte wohl ein Trauma geholt. Jedenfalls befällt mich seitdem ein merkwürdiges Schwindelgefühl, wenn ich irgendwo eines dieser Klatschblätter sehe.

Hans Fengel

Der Klößerhannes und seine Feier-Kumpane

1896 wurde der »Arbeiter-Radfahrerbund Solidarität« (ARB) in Offenbach am Main gegründet, der dort 1907 als Teil der Arbeiterbewegung auch seinen Hauptsitz erhielt. Zu den konservativen, national gesinnten oder militaristisch geprägten Radfahrvereinen hatten die Arbeiter keinen Zugang. Während die bürgerlichen Kreise Radrennen mit einem Sieger ausrichteten, gab es bei den Arbeiter-Radfahrern sogar Wettbewerbe im Langsamfahren. Die Mitglieder waren oft Sozialisten und Kommunisten. Als die roten Husaren des Klassenkampfes schrieben die Arbeiter-Radfahrer politische Geschichte.

Dazu gehörte auch Johann Wilhelm Ferdinand Klöß aus Babenhausen, kurz der Klößerhannes. Er war ein sozialistisch geprägter Freigeist und traf sich mit Gleichgesinnten in einem Radfahrverein.

Hannes hatte ein wettergegerbtes Gesicht, dessen Mittelpunkt eine große Nase zierte. Tiefe Furchen hatten sich in seiner lederartig wirkenden Haut eingegraben. Seine Hände waren verstümmelt, einige Finger fehlten ganz oder teilweise. Die gesamte Erscheinung des Klößerhannes erinnerte an den Tiroler Bergsteiger Luis Trenker. Oft trug Hannes eine dunkle Manchesterhose, die von breiten Hosenträgern gehalten wurde, ein kariertes grobes Hemd und darüber eine offene Strickweste. Seinen Kopf bedeckte meist eine dunkle Prinz-Heinrich-Mütze, ähnlich wie sie unser Altkanzler Helmut Schmidt trug. Der

Klößerhannes war ein knorriger Kerl mit einem guten Herzen und einem wachen Verstand. Ein Freidenker mit Ecken und Kanten und eigenen Werten, der seine Meinung sagte, egal ob man sie hören wollte oder nicht.

Hannes teilte seine Mitmenschen grob in folgende Kategorien ein:

Messdiener – das waren die Normalos,

staubige Messdiener– diese Leute hatten in seinen Augen irgendwie »Dreck am Stecken«,

Obermessdiener, – das waren die gesellschaftlich höhergestellten Personen.

Seine Freunde nannte er Genossen, er selbst wurde auch oft »der Genosse« genannt.

Hannes betrieb zuerst in der Mühlgasse zu Babenhausen einen Getränkehandel. Lange nach dem Krieg baute er mit seiner zweiten Frau Helene, genannt Lene, in der Amtsgasse ein bungalowähnliches Haus mit einem großen Vorbau, der wie eine Garage wirkte. Darin verkaufte die Familie Klöß Getränke und Eis. Außerdem hatte Hannes dort einen Tisch mit Stühlen aufgestellt und schenkte an die Besucher Bier, Wasser, Cola und Limo aus. Ich erinnere mich noch gut an die braunen, geringelten Libella-Flaschen.

Für die Sitzgelegenheit und den Ausschank in Gläsern berechnete Hannes den Gästen einen Zuschlag von 5 bis 10 Pfennig pro Getränk. Einer der Besucher, Hans Bodelle, genannt »Bodelle-Jean«, sprach ab da nur noch vom »Gläserhannes«.

Jean war ein Filou, immer gut gekleidet, trank gerne einen guten Tropfen und hatte stets den Schalk im Nacken. Er sprühte vor Energie und war nie um einen Spruch verlegen. Oft sagte er: »Was Krupp in Essen, bin ich im Trinken.«

Eines Tages saß beim Klößerhannes wieder einmal der harte Kern zusammen und fachsimpelte bei Bier, Wein und anderen Getränken über Gott und die Welt. Der Bodelle-Jean sagte zu Hannes: »Mer misse mol was zusamme mache. Am besde a schäi Feier.« Hannes stimmte zu. Die Gelegenheit dazu sollte sich sehr schnell ergeben.

In Münster hatte ein Albaner neben der Kirche ein griechisches Restaurant eröffnet und einen Vertrag mit der Pfungstädter Brauerei geschlossen. Unser Klößerhannes hatte es trotzdem irgendwie geschafft, dass der Inhaber Getränke auch über ihn bezog. Dafür hatte Hannes sich verpflichtet, mit mindestens 12 Gästen aus Babenhausen zum Essen einzukehren. Dafür rührte er kräftig die Werbetrommel. Am Ende kamen 16 Personen zusammen, die griechische Gerichte probieren wollten. Dazu gehörte auch ich. Mit 4 PKW startete die Tournee nach Münster.

Das Lokal versprühte mediteranen Flair, der Inhaber gab sich sehr freundlich und zuvorkommend, man fühlte sich als Gast sofort wohl. Wir nahmen Platz. Beim Blick in die Speisekarte wurde es ganz still am Tisch. Fast niemand wusste mit den Bezeichnungen etwas anzufangen. »Gyros, Souvlaki, Tzatsiki«, waren für die Meisten von uns »böhmische Dörfer.« Willi Rück sagte: »Am liebsten hätte ich ein Schnitzel mit Bratkartoffeln.«

Jean wurde manchmal von Willi aufgezogen wegen seiner guten Kleidung, die er auch an Werktagen trug. Jetzt sah er den Moment für eine Revanche gekommen. »Nix do,« meinte der Bodelle-Jean, »heit esse mer griechisch. Bestell der am besde en Sirtaki, des is denne ihr Nationalgericht, do hosde alles debei.« Willi beugte sich diesem Diktat. »Aber ist das mit Zwiebeln und Knoblauch angerichtet?«, wollte er wissen.

»No klar« antwortete Jean. Er und Hannes waren sicher die Einzigen am Tisch, die wussten, dass ein Sirtaki nicht das Nationalgericht der Griechen ist sondern ihr Nationaltanz.

Der Ober kam und als Willi an der Reihe war, bestellte er »Einmal Sirtaki, ohne Zwiebeln und Knoblauch, und ein Bier, bitte!«

Der Ober schaute Willi böse an und fragte streng »Was wollen Sie essen?« Der wiederholte seine Bestellung. »Einmal Sirtaki, ohne Zwiebeln und Knoblauch, und ein Bier, bitte. Hinfort und eilig!«

Der Kellner bedachte den komischen Gast mit einem Blick der Verachtung, machte kehrt und ging in die Küche.

Die Getränke wurden gebracht, außer für Willi. Die Essen wurden serviert, außer für Willi. Der wendete sich an den Klößerhannes. »Dauert das immer so lange bei dem Sirtaki?«

Hannes grinste schelmisch »Naa, äwwer du host en oune Zwiewel und oune Knowelich bestellt, du stawischer Messdiener. Des is a Beleidischung fers Nationalgericht! Dorim dauerts!«

Als der Ober wieder zum Tisch kam um zu erfragen, ob alles in Ordnung sei, meldete sich Willi: »Sie können den Sirtaki ruhig mit Zwiebeln und Knoblauch bringen!«

Das war die Krönung und des Schlechten zu viel. Der Wirt kam erbost zu uns, kassierte und forderte uns auf, das Lokal zu verlassen. Es gab auch nicht die obligatorische Runde Schnaps auf das Haus. Also nix mit: »Ich trink Ouzo, was trinkst du so?« Trotzdem ein tolles kulinarisches Erlebnis, außer für Willi. Den Grund für den Hinauswurf erfuhren wir erst später. Der Inhaber und seine Angestellten fühlten sich in ihrer Ehre verletzt.

In Anlehnung an die Schlagersängerin Manuela, die in einem ihrer Lieder sang: »Schuld war nur der Bossanova« hätten wir singen können »Schuld war nur der Sirtaki, der war schuld daran.«

Die Getränkelieferungen vom Klößerhannes an das griechische Restaurant in Münster mussten leider eingestellt werden. Angeblich hatte die Pfungstädter Brauerei Wind davon bekommen und der Sache ein Ende gemacht.

Feiere das Leben

Du lebst in deinem Alltagstrott,
wie sich die Tage gleichen!
Dein Lebenstraum ist längst bankrott,
das Glück gibt dir kein Zeichen.

Dem wiederkehrenden Einerlei
kannst du dich nicht entziehen.
So geht Tag um Tag vorbei,
es gelingt dir nicht, zu fliehen.

Denn auf deinen Schultern lasten
Verantwortung und Pflicht.
Sie lassen keine Zeit zum Rasten,
auch zum Erholen nicht.

Selbst in deiner freien Zeit
bist du nur fremdverwaltet.
Dein Handy ist stets rufbereit,
dein iPhone eingeschaltet.

Die alljährlichen Familienfeste
empfindest du als bloße Pflicht.
Du gibst dabei von dir das Beste,
die Treffen selbst genießt du nicht.

Du funktionierst und investierst
Energie, Engagement und Kraft.

Dass du dich langsam selbst verlierst,
hast du noch nicht gerafft.

HALT! Nimm dir endlich Zeit für dich,
besinne dich auf deine Träume.
Sag öfter einmal: Ohne mich!
Und genieße dann die freien Räume.

Gib jeder Stunde einen Sinn
weil sie unwiederbringlich ist.
Die Zeit geht wie im Flug dahin,
man merkt zu spät, wie spät es ist!

Darum feiere täglich dein Leben.
Genieße es mit allen Sinnen.
Doch damit solltest du eben
am besten heute noch beginnen.

SONNHILD GREVEL

Die Idylle trügt

Gäste eilen beschwingt zum Abendessen.
Bei Vollmond hüpfen sie liebestoll
vom Gras auf die gekiesten Wege.
Ein falscher Schritt – glitschig der Tritt.
Krötenkummer.

Mit rosegeränderten Lippen lockt sie.
Doch die Beute wird ihr zum Feind
und der Kampf tobt am Korallenriff.
Aufgebrochen ist sie Futter für Rochen.
Muschelmord.

Zurück reist sie im Sarg aus Zink.
Ein Andenken an den letzten Tauchgang
wollte sie noch unbedingt haben
und griff – nein!! – nach dem Stein...-fisch.
Touristentod.

Trauern, aber mit Stil

»Ich finde, eine Einladung zum gemeinsamen Kaffeetrinken hätte sich gehört.« Kunigunde schnaubte in ihr mit Spitzen umhäkeltes Taschentuch.

»Wir gehören ja nicht zur Familie«, kam es sachlich von Elfriede zurück, die wie so oft ihre eher gefühlsbetonte Schwester beruhigen musste.

»Wir sind immerhin die Töchter seines besten Freundes«, heulte Kunigunde jetzt los, und nach einer Trauerfeier setzt man sich noch zusammen. Das ist ein guter Brauch«. Damit hatte sie ihre Stimme wieder etwas unter Kontrolle.

»Was wir ja auch tun«, bemerkte Elfriede trocken. »wir sitzen in unserem Lieblingscafé und du isst Linzer Torte. Also beruhige dich jetzt.« Sie tätschelte ihrer Schwester etwas unbeholfen den Arm. Ihre Gefühle auszudrücken war ihr schon von jeher schwergefallen, vielleicht war sie auch deshalb nie eine ernsthafte Beziehung eingegangen und war nach dem Tod ihres Schwagers nur ungern zu ihrer trauernden Schwester in die viel zu große Villa gezogen.

Doch Kunigunde konnte sich noch nicht beruhigen. »Ich seh ihn immer noch vor mir, mit einem seiner dunklen Hüte auf dem Kopf. Er war immer tadellos gekleidet.« Wieder flossen die Tränen.

»Seine Anzüge waren altmodisch und rochen muffig«, kam es unwirsch von ihrer Schwester zurück. »Aber du hast Recht, er trug immer Hüte, seit ich denken kann.«

Elfriede schüttelte missbilligend den Kopf. »Also die Sacher ist nicht von heute. Ich werde mich beim Chef beschweren.« Sie zerlegte ihr Tortenstück mit der Gabel. »Die Sahne sieht etwas zu gelb aus für frisch«, befand sie stirnrunzelnd. »Immerhin sind wir hier Stammgäste. Da dürfen sie sich das mit uns nicht erlauben«. Ihre Stimme hatte an Schärfe zugelegt.

»Ach, lass gut sein, Elfriede«, bat Kunigunde, »heute nicht. Wir leben doch noch.«

Elfriede runzelte die Stirn. Manchmal ging ihr die gefühlsduselige Jüngere mit ihrer seltsamen Logik einfach nur auf die Nerven. »Na gut«, knurrte sie, »ausnahmsweise«.

»Danke«, flüsterte Kunigunde erleichtert, und schob das letzte Stück Linzer hastig in den Mund.

»Noch zwei Gläser Sekt, aber trockenen«, bestellte Elfriede bei der vorbeihastenden Bedienung. »Au ja«, freute sich Kunigunde wie ein Kind, »wir trinken auf ›Friedrich den Großen!‹

So hatten die beiden Schwestern den Verstorbenen immer heimlich genannt, weil er sie mit seiner Gestalt und den rabenschwarzen Haaren immer an den im Geschichtsbuch abgebildeten König der Preußen erinnert hatte.

Feierlich stießen die beiden Schwestern mit den gut gefüllten Sektgläsern an.

»Auf einen bemerkenswerten Mann, der immer wusste, was er wollte«, sagte Elfriede schließlich nach einer kleinen Weile in das Schweigen. »Ich werde mich immer an seine gütigen braunen Augen erinnern«, Kunigundes Augen wurden schon wieder feucht, »wenn er uns früher Märchen vorlas.

«Er hat aber seinen harten slawischen Akzent auch nach dreißig Jahren in Deutschland nie verloren«, musste Elfriede noch hinzufügen.

»Und jetzt schweigt er für immer«. Die Bedienung, die eben die Rechnung vorlegte, erschrak. Die beiden so unterschiedlichen Schwestern hatten im Chor gesprochen.

ANNE JAHN

Damals war's

Dunkelheit weckt Lichtersehnen,
Geborgenheit, zu Hause sein,
Erinnerung an früh're Zeiten,
so wird es niemals wieder sein.

Als wir noch an Wunder glaubten,
geborgen in der Kinderzeit,
Wünsche uns den Nachtschlaf raubten,
Christkinds Ankunft noch so weit.

Plätzchen backen, Gedichte lernen,
in Nasen schlich sich Tannenduft,
Sterne basteln, Nuss entkernen,
süße Ahnung in der Luft.

Schaufensterplattgedrückte Nasen,
Herzenswünsche, greifbar nah,
Wunschzettel noch die Englein lasen,
vielleicht wird's Heilig Abend wahr.

Lichterglanz und Tannenbaum,
endlich war es dann soweit,
erfüllt' sich unser Kindertraum,
unendliche Glückseligkeit.

Der Hauptgewinn

Wer malt das schönste Ferienbild?
Erster Preis: ein Shetland-Pony!

Na, wenn das mal keine Ansage war.

In dem kleinen Lädchen, in dem man von Margarine über Waschmittel, Ansichtskarten bis hin zu Motoröl und Schraubendreher alles bekommen konnte, drückte uns die Frau lächelnd einen Flyer mit diesem sensationellen Aufruf in die Hand und sagte: »Ihr seid doch hier in den Ferien. Das ist doch bestimmt was für euch.«

Wir sahen auf das abgebildete Pony mit langer brauner Mähne, und wer das gewinnen würde, stand für meine neu gefundene Freundin und mich bereits fest.

Obwohl wir uns gerade mal zwei Tage kannten, fühlte es sich an, als wären wir schon immer zusammen gewesen.

Meine Eltern nutzten die Sommerferien zu einem Urlaub im Spessart, um auch die hier lebenden Verwandten zu besuchen. Sie bezogen ihr Domizil im Gasthof zur grünen Au und ich wurde in dem kleinen Häuschen bei Tante Katrin und Onkel Alois einquartiert. Ich liebte die beiden sehr, aber für meine gerade neun Lebensjahre waren die Aussichten auf ereignisreiche Ferien hier nicht wirklich hoch. Hoffnung brachte da die Aussicht, mich tagsüber bei Tante Anna und Onkel Karl, die ich mindestens genauso liebte, auf dem Bauernhof herumzutreiben. Der war gerade mal um die Ecke und lockte mit allem, was man sich vorstellen konnte.

Mit dem Traktor mit raus aufs Feld fahren, duftendes Heu wenden, frisch gemähtes Gras an die laut muhenden Kühe verteilen, beim Melken helfen, den Stall entmisten. Überall gab es Katzen, Hunde, Hühner und Gänse. Hinter dem Stall lagen Wiesen und Felder und versprachen mir Abenteuer ohne Grenzen.

Als ich am dritten Ferientag meinen täglichen Rapport bei meinen Eltern absolvierte, wollte ich mir noch im Gasthof ein Eis holen und klingelte an dem Knopf unter dem Milchglas-Schiebefenster.

Die Wirtin schob es beiseite, und bevor ich meinen Wunsch äußern konnte, rief sie entzückt:

»Ah, wie alt bist du?«, und gab sich auch selbst gleich eine Antwort, »so um die neun Jahre, prima. Warte mal, hier ist ein Mädchen im gleichen Alter.«

Bevor ich irgendetwas erwidern konnte, holte sie aus den hinteren Räumen ein etwa gleichaltriges Mädchen.

Bubikopf, dünne, schlaksige Beine, ungelenke Bewegungen, genervter Blick. Ein Abbild von mir. Nur dass ihr Gesicht über und über mit Sommersprossen betupft war.

Na prima, dachte ich, das werden ja klasse Ferien werden mit der am Hals.

Und im Prinzip hatte ich Recht. Diese Ferien wurden richtig klasse!

Wir bekamen beide noch ein Eis in die Hand und wurden energisch hinauskomplimentiert.

Es brauchte keine halbe Stunde, und das Mädchen und ich waren wie Zwillingsschwestern. Wir dachten uns Spiele aus, bauten in der Scheune Höhlen aus Heu, jagten die Gänse, ritten auf einem Steinmäuerchen, spuckten Kirschkerne nach vorbeifahrenden Traktoren, und was der einen an Unfug nicht einfiel, heckte die andere aus.

Und wir malten Ferienbilder!

Wir steckten sie in ein Kuvert, beschrifteten dieses mit der Adresse aus dem Preisausschreiben und brachten es mit überzeugter Gewinnermiene zu der Frau in dem kleinen Laden.

Da der Einsendeschluss erst nach Ferienende war, widmeten wir uns jetzt der Überlegung, wohin später mit dem Pony?

Wir wohnten weit voneinander entfernt.

Da meine Eltern einen kleinen Schrebergarten besaßen und das Pony dort frisches Gras hätte, kamen wir zu dem Entschluss, es zu uns nach Hause liefern zu lassen.

An den Wochenenden und in den Ferien käme dann meine Freundin immer mit dem Zug gefahren. Und vielleicht könnte sie ja ihre Mutter sogar überreden, ganz in unsere Stadt zu ziehen.

Unser Plan war, das Pony erst einmal den Winter über auf dem heimatlichen Balkon unterzustellen. Der wurde ja dann sowieso kaum genutzt. Gut, das dort überwinternde Grünzeug meiner Mutter würde es wahrscheinlich fressen. Aber das würde sie bestimmt verzeihen, wenn sie erst einmal gesehen hätte, wie süß das Pony ist. Und sobald es Frühling wäre, würden wir es dann in den Kleingarten bringen.

Es im Wohnzimmer unter den Esstisch zu schmuggeln und nachts, wenn alles schlief, mit ihm durch die nächtlichen Gassen zu reiten, erschien selbst uns zu hanebüchen.

Die Frag,e die sich allerdings noch stellte, war, wie das Tier durch das Treppenhaus in den 4. Stock bringen? Da hatten wir auch gerade keine Idee und verschoben die Lösung des Problems einfach auf später.

Damit die Erwachsenen auch sehen würden, wie gut durchdacht alles war, begannen wir vorsorglich aus verschiedenen

Scheunen Heu für später zu sammeln und stopfen es in leere Kartoffelsäcke.

Wir häkelten aus Wollresten, die uns Tante Katrin gab, ein Halfter und sammelten Würfelzucker.

Auch über die Namensgebung machten wir uns ausgiebig Gedanken.

Als die Ferien zu Ende gingen, tauschten wir unter lautem Geheule die Adressen aus und kehrten, untröstlich in unserem Trennungsschmerz, wieder zurück in unser altes Leben.

Wir erbettelten Briefmarken und schrieben uns seitenweise Briefe. Und irgendwann zog sie tatsächlich mit ihrer Mutter in die nähere Umgebung.

Natürlich haben wir nie wieder etwas von diesem Malwettbewerb gehört oder wo das heißersehnte Pony abgeblieben war.

Aber unsere Freundschaft überstand alles: Unzählige Wohnungswechsel, Krankheiten, Ehen, Krisen, Scheidungen, die Pubertät unserer Kinder und einmal sogar eine Affäre zur gleichen Zeit mit demselben Mann.

Heute sind wir beide sechzig Jahre alt und haben Enkelkinder im gleichen Alter, in dem wir damals waren.

Und heute wissen wir, dass wir damals schon längst den Hauptgewinn bekommen hatten: Eine lebenslange Freundschaft.

Eiszeiten

»Eine Eise für bella Signora!«

Welche Frau würde da nicht dahinschmelzen wie das Eis in dem servierten Amarena Becher?

Mit neckischem Augenaufschlag antwortet die bella Signora ein »Grazie«, taucht zuerst eine Eiswaffel in die kalte Köstlichkeit und dann in die Erinnerungen des letzten Urlaubs im Süden ein.

Die männlichen Servicekräfte in ihren weißen Hemden und schwarzen Hosen und Westen stehen am Durchgang zum Garten, unterhalten sich leise in ihrer Landessprache und lassen ihre Augen unauffällig über die Tische gleiten, halten Ausschau nach neuen Gästen, denen sie schmeicheln können.

Überfordert schaut ein altes Ehepaar auf die hohen Glaskelche, gefüllt mit für sie nicht zu bewältigender Menge an Eis, bunten Gemälden aus Sirup und Obststücken, deren Namen sie nicht einmal kennen.

Sie schauen sich hilflos an und wünschen sich die Zeit herbei, wo es in Metallschälchen kleine Bällchen Eis, Vanille, Erdbeere und Schokolade, gab.

Eine Frau im weißen Sommerkleid bestellt einen Eiskaffee. Viel lieber hätte sie ja den bedeutungsschwangeren Amore-Becher für dieses erste Treffen bestellt, aber die Gefahr ist einfach zu groß, dass ihr vor Aufregung die heißen Himbeeren auf das Kleid tropfen.

Zwei Teenager schauen sich unentwegt in die Augen, halten Händchen, ihr Spaghetti Eis schmilzt in der Hitze zu rot-weißen Pfützen.

Nachdem eine junge Mutter einen erleichterten Blick auf das schlafende Baby geworfen hat, genießt sie seit langem endlich mal einen heißen Cappuccino, während ihr fünfjähriger Sohn sich mit dem Löffel durch sein Biene-Maja-Eis baggert.

Am Tresen fragt eine in Leinen gekleidete Frau nach laktosefreien Eissorten, Zusatzstoffen und Allergenen. Die Menschenschlange hinter ihr wächst und wächst.

Ein kleiner Junge hält krampfhaft eine Eiswaffel in seiner kleinen Faust. Um seinen Mund herum haben sich zwei braune Halbmonde gebildet, während er angestrengt gegen das tropfende Schokoladeneis anleckt, das ihm in den Ärmel rinnt.

Ein grauhaariger Herr erfreut sich an seinem Enkel, der den langstieligen Löffel tief in seinen auserwählten Becher steckt, die Augen genussvoll schließt und sagt: »Mmmmmmh ... Bananeneis ... das ist mein Lieblingsgemüse!«

En klasse Sommer

De Sommer is aach net mer des, was er ma war.

Erst isses so heiß, dass de net vors Loch kannst, un drei Daach später pissts widder aus alle Kanäl.

Als isch e klaa Gör war, war de ganze Sommer iwwer immer schee Wedder, net nur e paar Daach un dann widder Reje.

Da bist de im Sommer jeden Daach nach de Schul in de große Woog[1] zum Schwimme gange.

Des ging ganz automatisch: Haamkomme, Ranze in die Eck werfe, Middachesse neischaufele, »mer hawwe nix uff« behaupte, es Badezeusch schnabbe un ab uffs Fahrrad Rischdung Woog.

Die aanzisch Entscheidung, die mer noch treffe musst, war: uff die Insel, die Weiße odder ins Familiebad[2].

Die Weiße war des Terrain von de Studente und de Sportler vom DLRG.

Gugge und gesehe wern war hier die Devise!

Junge Mädscher in Badeaazüsch oder Bikinis und junge Männer mit knackische Owwerkörper setzte sisch hier gekonnt in Szene.

Wo, wenn net hier, stand aach de Sprungturm. Zwische fünf und zeh Meter hoch konnt mer wähle.

E Dreimeterbrett gab's aach, awwer damit konnt mer net wirklisch Eidruck schinne.

Zwische Faszination un dem Wisse der noch eischene Unzulänglichkeit glotzte mer neidisch uff die so erstrebenswert Seit.

Die Schulkinner sin meistens uff die Insel gange.

Ratz-Fatz fand mer sich in de gleich Zusammesetzung widder wie morschens in de Schul, awwer mit deutlisch mehr Spaß.

Am Kassehäussche musstesde de Schülerausweis vorzeische, sonst bist de net umsonst enei gekomme. Da hawwe die aach net mit sisch redde lasse.

Und wie oft is aaner widder bedröppelt abgezooche, weil er de blaue Lappe³ bei seim iwwereilische Uffbruch dehaam vergesse hat.

Was en Quatsch, als ob mer net gesehe hätt, dass des en Schüler is.

Wenn de dann iwwers Brücksche gange bis, warn rechts die Umkleidekabine.

Dank unsrer Mütter brauchte mer die awwer net.

Die hadde uns Kinner nämlich aus buntbedrucktem Frotteestoff so was wie unne offene Säck genäht, die owwe en Gummizug hadde. Den hast de der iwwer de Kopp gezooche, un de Gummi hats am Hals gehalde, und weil die Ärm ja mit drinne warn, konnts de dich naggisch mache, ohne dass se der was abgeguckt hawwe.

Wenn owwe unsern Kopp rausgeguckt hat, hawwe mer ausgesehe wie die umhäkelte Klopapierrolle in de Autos.

Im Geschesatz zum Familiebad un de Weiße, wo sämtliche Betonreserve der 50er Jahrn verbaut warn, war hier uff de Insel Sand. Sand und nix als Sand.

In de Luft hing de Duft von Ferie un Sonnemilch.

Jetzt musstest de der nur noch e Plätzje für die Klamotte suche und ab gings in die Brüh.

Besonders beliebt war's, klatschnass aus em Wasser rauskomme, sisch in de Sand lesche und immer widder un widder um die eischene Achse rolle.

Schnitzel paniern ham mer des genannt.

Un dann mit lautem Gejohle widder ins Wasser renne.

So hawwe mer schon in frühere Jahrn e Hautpeeling gemacht, ohne des zu wisse.

Zum Trockne haste dich dann in die Sonn uff de Bauch gelescht und dich bruzzele lasse, damit de morsche in de Schul, in de Pause, mit debei warst beim Ranking vom größte Sonnebrand.

Un wenn de dei Daschegeld net schon uff de Kopp gekloppt hattst, haste der noch e Langnese-Eis gekaaft, Brausestäbscher oder en Bubblegum.

Pech hattst de, wenn de in so en durschgekaute, den einer eifach hiegespuckt hat, neigetrete bist.

Des war besonders nervisch, wenn an de Füß sich dann so Gummifäde gezoche ham und die Füß sich beim Laufe immer erst so e bissje verzögert vom Bode gelöst hawwe.

Den Mist biste erst widder losgeworn, wenn de Babba dann abends middem Waschbenzin aagerückt ist und außer dem Kram aach noch e bissche von de Haut mit abgerubbelt hat.

Wenn de dann abends fix un ferdisch im Bett gelesche hast, de Rücke gebrannt, es nach Waschbenzin geroche und de Sand im Bobbes gekratzt hat, haste gewusst, des war en Klasse Sommer.

————

1   Großer Woog: bei den Darmstädtern beliebter Naturbadesee in Darmstadt

2   Insel /Weiße /Familienbad: die drei unterschiedlichen Möglichkeiten für den Aufenthalt am See

3   Blaue Lappe: früher im Schülerjargon der Schülerausweis

Heiligabend

Der Baum im Glanze
in der Brust ein Sehnen

Lichtermeer der Seelen derer
die wir
so schmerzlich vermissen

Flammen glänzen in warmem Licht
in unseren Augen Tränen

Idylle Campingplatz

Eigentlich ist es wie zu Hause.

Du wirst jeden Morgen mit dem gleichen Geräusch geweckt.

Zu Hause ist es das Piepsen des Weckers.

Hier herrscht allerdings das Zufallsprinzip. Es variiert zwischen

a) bäääähhh, wääähhää ...,

b) neen, NEEN, NEEN (Holländisch nein), Lautstärke ansteigend und

c) Mama, Mama, Mama – in Endlosschleife.

Während wir frühstücken, erscheint von links nebenan, in einen Sternenbannerfrotteeponcho gehüllt und mit cooler Sonnenbrille, Käpt'n Amerika auf dem Arm seines Papas.

Seine etwas ältere Schwester bereitet bereits eine feindliche Übernahme vor. Aber das weiß jetzt noch niemand.

Schräg gegenüber wird gerade eine als Engelchen getarnte Dreijährige auf ihren Einsatz mit ihrem Laufrad vorbereitet. Der ihr aufgestülpte Fahrradhelm ist mindestens genauso groß wie ihr blond gelockter Kopf, offensichtlich aber stabiler, denn der Kopf kippt immer wieder mal nach vorne oder hinten weg.

Da greift sich die Schwester von Käpt'n Amerika mit flinkem Griff das Laufrad und bringt es hinter die eigenen Linien.

Goldlöckchen ist außer sich und trompetet mit der Lautstärke eines startenden Jumbojets los: »MAAAMAAA ...!«

Aus dem Zelt rechts erscheint ein kleiner Grisu-Drache in grünem Overall mit Kapuze und roten Zacken am Rücken und bestaunt die Szene. Er will offensichtlich mitwirken und steuert probehalber dem Ganzen einen gelben Fußball bei.

Das Interesse ist mäßig.

Aber da Goldlocke zurzeit kein Laufrad hat, nimmt sie den Ball und bringt ihn wiederum hinter ihre Grenze.

Grisu ist geschockt. So war das nicht gemeint. Foulspiel. Er holt tief Luft und beginnt ebenfalls, wenn auch nicht ganz so laut, zu brüllen:

»PAAAPAAA....!«

Käpt'n Amerika wurde inzwischen unter lautem Gezeter in ein Tagesoutfit gezwängt und sucht Trost bei seinem Kuschelhasen.

Der hängt kopfüber in seiner kleinen Hand. Arme und Ohren schleifen schlapp auf dem Boden entlang und man sieht ihm an, dass er in seinem Leben wohl schon sehr viel Trost spenden musste.

Als Käpt'n Amerika den schluchzenden Grisu erblickt, sieht er wohl seine Stunde gekommen. Er bewaffnet sich mit einem giftgrünen Kescher und stürmt, jetzt als Käpt'n Ahab, auf den imaginären Wal zu.

Doch dieser erhebt zur Gegenwehr überraschend einen Besen gegen seinen Angreifer und der Punkt geht an ihn.

Käpt'n Ahab plärrt empört: »MAMAAAA!«

Goldlocke hat inzwischen den Ball ins Aus geschossen und ihr Laufrad zurückerobert. Aber der Preis war hoch.

Es gab eine Übergabe, Laufrad gegen Hochstuhl. Dieser wurde von der Verhandlungsgegnerin bereits auf eigenes Gelände gezerrt. Jetzt wartet ihre Puppe auf den Strangulierungstod durch die Haltegurte des Sitzes.

Eine Campingplatzstraße weiter startet eine Verstärkungsoffensive.

Ein rosa Fahrrad mit Lenkerkorb, angefüllt mit Barbiepuppen und weiterem Verhandlungsmaterial, biegt um die Ecke.

Einmaliges, wie zufälliges Durchfahren und zack, wieder weg.

Bei der zweiten Runde unauffälliges Sondieren der Lage, Blick nach rechts, Blick nach links und zack, wieder weg. (Sehr gut, man ist bereits aufmerksam geworden).

Bei der dritten Runde wird sie von dem versammelten Heer, das sich mitten auf dem Weg formiert hat, gestoppt.

Geschulter Blick in den Fahrradkorb.

Ja, damit kann man verhandeln.

Aus allen Lagern wird jetzt Material zusammengetragen und quer über die Straße aufgebaut und die lautstarken Debatten übertönen alles Dagewesene.

Die Straße ist blockiert, an dieser Front gibt es keinerlei Durchkommen mehr.

Die neue Kita ist eröffnet und wir campen mitten drin.

Aber es hat auch was Gutes.

Wir kennen jetzt jede Menge holländischer Zu-Bett-geh-Rituale, und wenn abends die Gutenachtlieder gesungen werden, schlafen wir selig ein ...

... in the Street of Holland.

Kampf der Giganten

Nein, wir haben kein Navigationsgerät!

Kein Tom Tom, kein Garmin, kein Jimwey.

Unser Navi bin ich und origamisch zusammengefaltete Landkarten der jeweilig zu bereisenden Region, die ausgebreitet den halben Innenraum des Autos einnehmen und die nach Gebrauch sich nie wieder in die Originalform zurückfalten lassen und das gesuchte Ziel sich immer genau in einem der Faltlinien davon befindet.

Im Gegensatz zu mir hat mein Mann einen grandiosen Orientierungssinn.

Ohne zu zögern schlägt er siegessicher die richtige Himmelsrichtung ein, fährt von Autobahnen ab, biegt in die entsprechenden Straßen ein, durchquert fremde Städte, auch im Ausland, und findet Sehenswürdigkeiten in völlig abgelegenen Landschaften.

Nachdem wir allerdings in einem Urlaub, sagen wir mal, eine kontroverse Auffassung von der richtigen Richtung hatten und beinahe der Abbruch des noch gar nicht begonnenen Urlaubes drohte, verweigerte ich weitere Navigationsdienste.

So fanden wir auf dem Smartphone zu Google-Maps.

Als aber im letzten Urlaub, zwischen schroffen Felswänden und steil abfallenden Hängen, die freundliche Stimme aus dem Off sagte:

»Sie haben Ihr Ziel erreicht«

und auf dem Display zu lesen war:

WILLKOMMEN AM ZIEL ...

... GEHEN SIE DEN REST DES WEGES ZU FUSS

wurden wir misstrauisch und drehten um.

Beim nächsten Ausflug wurde zwar wiederholt das richtungs-führende Gerät aktiviert, aber unter Vorbehalt.

Nachdem es uns über einen Autobahnzubringer fünfzehn Kilo-meter in die entgegengesetzte Richtung geschickt hatte und die Eingabe «keine Autobah«, ignorierte, ignorierte auch mein Gatte die weiteren Ansagen mit einer eigenen: »Halt die Klappe«, fuhr nach seinem Richtungsverständnis weiter und beschränkte sich auf Kommentare über andere Verkehrsteilnehmer.

Smileys auf Schildern hingegen, die je nach Geschwindigkeit ein Lächeln oder heruntergezogene Mundwinkel zeigten, forder-te er kampfeslustig auf: »Grins nicht so blöd« oder: »Heul doch«.

Nach jedem erneuten Abbiegen leuchtete auf dem Smart-phone auf: NEUE ROUTE WIRD BERECHNET.

Am Ziel hatten wir mindestens dreißig Kilometer weniger ge-braucht, als die vorherige Berechnung angezeigt hatte, und deut-lich schneller waren wir auch.

Jetzt war unser Ehrgeiz geweckt.

Am nächsten Tag wurde erneut ein Ziel eingegeben und los ging es in ein neues Mensch-Maschine-Abenteuer.

»Am nächsten Kreisel die zweite Ausfahrt nehmen«.

»Du sagst mir gar nichts«, erwiderte mein Mann und fuhr die dritte Ausfahrt ab.

»Am nächsten Kreisel die dritte Ausfahrt nehmen«,

also im Klartext: »Dreh um, du Trottel«.

»Ich fahr wie ICH will«, konterte er und nahm die zweite Ausfahrt, also geradeaus weiter.

»Nächste Ausfahrt rechts nehmen, danach gleich wieder rechts«.

Klartext: Bist du taub? Wendemanöver einleiten!

»Jetzt mach ich dich fertig ...«, drohte er und fuhr links ab.

Das Off schwieg und auf dem Display erschien:

NEUE ROUTE WIRD BERECHNET.

Aber wir waren schneller und waren am Ziel, bevor Madam Google-Maps eine Lösung für den störrischen Fahrer hatte.

Jetzt wollten wir es wissen!

Erneuter Aufbruch im Kampf der Giganten.

Ein einziger Kommentar gleich zum Startbeginn sollte die Fronten klären:

»Du weißt schon, wer der Chef im Ring ist?«, warnte mein Gatte vorsorglich das Smartphone. Bei jeder Möglichkeit eines Richtungswechsels ein schweigendes, kurzes Zeigen des »Effenberg-Fingers« Richtung Display und Chef fuhr weiter wie er wollte.

Dreimaliges optisches Aufbäumen von Google-Maps

NEUE ROUTE WIRD BERECHNET.

Dann wurde der Bildschirm schwarz.

Drei zu null für den Chef!!!

Viel zu viele ...

Nikoläuse,
Weihnachtsbräuche,
Plätzchen, Nuss und Mandelkern,
Besuch im Haus von nah und fern,
haufenweise auch Geschenke,
hochprozentige Getränke,
Klöße und gefüllte Gänse.

Seh'n se!

Winterkinder

Wollpudelmützenträger
Schneekristallezungenjäger
Schlittenbergherunterrutscher
Eiszapfenspitzendauerlutscher
Schneemännerriesenbauer
Schneeballschlachtenaufgelaurer
Eisflächenflitzenschlittschuhläufer
Heiße Schokoladensäufer
Weihnachtssterneplätzchenbacker
Gebasteltesgeschenkeinpacker
Wunschzettelbuntbemaler
Augenleuchtenbarbezahler
Auswendiggedichtaufsager
Wann ist Weihnachten Erfrager

Alle diese Winterkinder
sind
Glücksmomentefinder

EDITH KEIL

Camping mit Baby

Soll man wegen eines sechsmonatigen Kleinkindes in den Sommerferien zuhause bleiben? Soll man verzichten auf den gewohnten Campingurlaub unter südlichen Kiefern, auf wackeligen Stühlen, auf Stechmücken am Abend und den Gang zur Gemeinschaftstoilette, mindestens acht Minuten vom heimischen Vorzelt entfernt? – Nein!

Man packt zu den Strandklamotten und all den anderen Haushaltsnotwendigkeiten für drei Wochen Erholung einfach noch das Reisekinderbettchen, die Fläschchen-Warmhalteplatte, einige Großpakete Windeln dazu und ergänzt das durch zwei Paletten Kinderbreigläschen (bis 8 Monate). Möglichst ohne Erbsen und andere Explosivstoffe, denn Sonja, das Baby, hat einen äußerst empfindlichen Magen-Darm-Trakt und lässt ihre Umgebung regelmäßig lautstark wissen, dass es ihr nicht gut geht. Daher ist Fencheltee in Großküchen-Vorratspackung das Minimum an Vorsorge. Und schon kann es losgehen.

Sonjas Eltern gehören einer eingeschworenen Camper-Familie an, daher bilden die Großeltern die Vorhut. Mit dem Wohnwagen im Schlepptau erkunden sie Klima und Terrain im nordwestlichen Teil von Ex-Jugoslawien. Da gibt es das Mittelmeer mit wunderbaren Küstenstreifen, aber auch das Hinterland mit schönen Seen. Sie entscheiden sich auf slowenischem Boden für die Umgebung von Bled, weil die kühlere Lage dem Kleinkind sicher zuträglicher ist als die Mittelmeerküste mit knallender Sonne und schattenlosen Campingplätzen, wo die

Zelte wahre Hitzetests überstehen müssen. Die Menschen auch. Telefonisch gibt der Opa seine Erkenntnisse durch, beschreibt die Vorzüge des Campingareals am ruhigen See und macht den Eltern Mut, sich mit dem rundlichen und krähfreudigen Weihnachtskind, das nun schon seit einem halben Jahr unbestrittener Mittelpunkt der Familie ist, auf die Reise über die Alpen zu wagen. Besonders weisen die vorausschauenden Großeltern darauf hin, dass sie den Standort für den Wohnanhänger abgelegen gewählt haben am Rand des Platzes.

Wie verabredet, brummt die junge Familie, den Benz schwer beladen, eines Nachts los. Man wählt diese Zeit wegen des geringeren Verkehrs, aber auch wegen der Tiefschlafphase von Sonja. Und kühler ist es auch. Nach eineinhalb Tagen trifft man am avisierten Ort ein. Das Bobbelchen begrüßt seine Großeltern stürmisch, strampelt fröhlich und dann fahren die älteren Herrschaften erholt zurück nach Mühltal. Der erste Familien-Urlaub mit Kleinkind beginnt, das Reisebettchen scheint zu halten, was die Reklame verspricht, die Organisation der Fütterung der Kleinen ist aber zeitaufwändig. Und man muss sich an ihre Zeiten halten und Spaziergänge und Ausflüge streng danach einrichten, aber man lernt. Und Camping-Urlaub ist ja entspannend, wie man an den Fotos sehen kann, Mama und Papa relaxed im Liegestuhl, Sonnenbrille, Softdrink. Aber die meisten Fotos werden von Klein-Sonja aufgenommen und spiegeln die Verliebtheit der Eltern wieder: Sonja beim Essen, nach dem Essen, mit Sonnenhut, ohne Sonnenhut, Sonja von vorne im Sand, Sonja von hinten im Sand, Sonja in der Hängematte.

Diese Hängematte war einmal der bevorzugte Ruheplatz der Mama. Jetzt wird er zum Hauptaufbewahrungsort dieses kleinen

Strampelhampel, denn es zeigt sich als notwendig, das Kind außer Reichweite von Ameisen und anderen Kleintieren hinzulegen. Die gewohnte Krabbeldecke von zuhause nützt auf blankem Boden und gut bevölkertem Gras wenig. Der tüftelnde Vater entdeckt die Hängematte als idealen Ort für sein Kind unter der Bedingung, dass man die Hängematte oben fest zubindet. Sonst könnte das Kind bei seinen unvorhersehbaren Ausbrüchen von Temperament in große Gefahr geraten. Gedacht, getan. Zugebunden wird die Hängematte zur luftigen Wiege, die man leicht mit dem Fuß in Bewegung halten kann, während man sich in seinen Detektivroman vertieft und gerade eine brisante Verfolgungsjagd vor dem inneren Auge vorbeirauscht. – Ach ja, es hätte so ein gemütlicher Urlaub sein können.

Aber bei Sonja wachsen die ersten Zähne und stoßen mit Macht durchs Zahnfleisch, das heißt: Das Kind herumtragen und besänftigen, das Zahnbett einschmieren, Schnuller präparieren. Tagsüber und nachts auch, denn ein fleischdurchbohrendes Zähnchen verursacht Schmerzen und Schmerzen verursachen Wehgeschrei und bei Sonja besonders laut. Sie schreit stundenlang. Tagsüber ist das nicht ganz so problematisch für andere Leute, weil die Nachbarn am Strand sind oder auf Ausflügen. Aber nachts schreit sie auch. Das Gebrüll ist kaum zu dämmen, so ein Wohnwagen ist ja kein Haus und die Zelte der Nachbarn sind dünn. Mama schämt sich wegen dieser Lärmbelästigung, für die sie doch nichts kann. – Nur gut, dass Opa und Oma den Standort am Rand des Platzes wählten. – Ob sie etwas geahnt haben?

Delphin

Nach festlicher Nacht im Staatstheater Darmstadt

Tanzend
Im blauen Wasser der Nacht
Springend
Über helles Wellengelächter
Tauchend
Bis zur Muschel der Stille

Ihr Herz schlägt warm
Genährt von tausend Sternen
Der Begegnung
Der Berührung
Dem Sonnengefühl des JA

Der Delphin
Trinkt sich stark daran
Und seifenblasenleicht
Trägt ihn das Freudenmeer
Hinauf zum Horizont
Der Nacht

Elfchen aus Südfrankreich

(Mit Jugendlichen im Feriencamp)

Erste Nacht
Betrunkene Mädels
Entfesselt
Krach ihre Begleiter
Arme
Erste Nacht

...

Montpellier
Große Architektur
Lange Wege
Kleine Gassen
Zauberläden – uuhh
Montpellier

...

Haie
Drehen Zeitlupenkreise
Muskeln im Ruhestand
Die Augen kalt
Horrorfilmzähne
Haie

Schei...ferien

Sie hat sich verliebt. Es ist die ganz große Liebe. Das weiß sie genau. Nennen wir das Objekt ihrer Leidenschaft einmal Rinaldo. Er ist auf der Büchner-Schule und, sie, Anna, geht auf die Viktoria, beide Schulen liegen nicht weit voneinander entfernt in Darmstadt. Man schreibt das Jahr 1970 und die Revoluzzer der 68er-Bewegung sind total IN und die Schülerinnen und Schüler der Darmstädter Schulen, auch die jüngeren, schwimmen hoch auf der Welle der neuen Werte: Trau keinem über 30, freie Liebe und andere moralzersetzende Ideen, die die bürgerliche Welt damals erschütterten, sind ganz hoch im Kurs. Sie hat sich also verliebt. Er ist Stufensprecher, Raucher und sagenhaft töff. Töff, das war auch so ein neuer Ausdruck unter den Teenies.

Am 14. Mai sind die beiden im Regen eng umschlungen durch die Stadt gegangen und dachten, die Welt gehört ihnen. Sie hatten sich gefunden – und was brauchte die Welt noch mehr? Sie sahen sich in die Augen und fanden dort alles, alle Antworten auf alle Fragen des Lebens. Die große Liebe eben.

Und dann kamen die Ferien und Anna musste mit ihren Eltern die lang geplante Urlaubsreise antreten. Schweden, Norwegen, Dänemark. Mit dem Wohnwagen. Der Vater war ganz stolz auf seine sensationellen Reiseziele. Allein die Entfernungen ließen darauf schließen, dass diese Reise endlos sein würde. Endlos, wo doch der einzig Geliebte in Darmstadt auf sie wartete. Die Tochter ließ keine Gelegenheit aus, ihren Unmut über diese große Reise auszubreiten, jeder verstand sehr rasch, dass sie sich mit Händen und Füßen wehrte. Aber es gab kein Pardon. Die Eltern ließen die 17-jährige Tochter nicht allein zuhause, vor allem nicht, wo ein verliebter Gockel hinter der nächsten Hecke auf das Hühnchen wartete.

Die Reise verlief dann in viel Schweigen, während die Tochter verträumt ins Leere starrte und die Fjordschönheiten gar nicht sah, die sie umgaben. Nach etwa vierzehn Tagen begann sie dann erstmals, die Unternehmung interessant zu finden. Die Tour führte nach Norden bis zum schwedischen Sundsvall, dann über den Gebirgskamm rüber nach Trondheim in Norwegen. Es war schon spannend auf einsamer Straße, wo einem nur einmal pro Tag ein Wagen begegnete, so zwischen Heidekraut und Elch. In Trondheim kaufte sie auf dem Fischmarkt Walsteak und genoß es sehr. Die Reise endete dann vorläufig in Dänemark auf einem Campingplatz. Nach der anstrengenden Fahrt suchten die Eltern Erholung beim Strandleben. Da wurde es wieder langweilig für Anna. Ihre Gedanken flogen in der reizarmen Situation schon nach Darmstadt, wenn sie nur morgens die Augen aufschlug. Rinaldo. Wo geht er hin? Was macht er? Wen trifft er? – Und die Gedanken verwoben sich zu Gefühlen, leider zu wenig guten Gefühlen, denn Anna steigerte sich in eine maßlose Eifersucht hinein, gegen die sie niemand schützen konnte. Täglich schrieb sie an Rinaldo einen langen Brief voller Sehnsucht, aber auch mit Argwohn durchsetzt und bösen »Vorahnungen«. Es muss für ihn eine Art Hagelwetter gewesen sein. Nun, alle Urlaubstage, alle Ferien enden einmal. So auch diese 1970. Anna kam nach Hause und rief sofort bei Rinaldo an. Der war nicht da. Ok. Sie würde es später wieder versuchen. Mobiltelefone gab es ja keine. Er war später auch nicht da, weder an diesem noch am nächsten Tag. Und von selbst meldete er sich nicht. Das war sehr seltsam. Sie rätselte nach Gründen, warum Rinaldo den Kontakt zu ihr mied. Und genau das war der Fakt, sie spürte das, er mied bewusst den Kontakt zu Anna. Sie grübelt, dann klingelt sie bei ihrer Busenfreundin an. Die wollte zuerst Urlaubsberichte hören und textete Anna dann zu mit Histörchen vom Ort und was im Smuggler´s Inn für töffe Typen waren letzen Samstagabend. Endlich brachte Anna doch ihre Sorge wegen Rinaldo auf die Tagesordnung und die Freundin war eigenartig einsilbig.

Anna ließ nicht locker mit ihren Fragen, bis die Freundin zugab, Rinaldo gesehen zu haben. »Ach, du hast ihn gesehen ... gesprochen ... getroffen? Na, sag schon!«

Die Freundin bleibt einsilbig. »Ja, gesehen, aber nur kurz.« Anna hält es kaum noch aus: »Ja, sag schon, wo denn, im Smug? War er da? Mit wem hat er getanzt?«

»Wir haben uns da rein zufällig getroffen und ein Bier zusammen getrunken.«

»Und«, bohrt Anna weiter, »hat er von mir gesprochen?«

»Nee, von dir eigentlich nicht«, erwidert die Freundin, »wir haben gar nicht so viel geredet.«

»Aha, ihr habt nicht so viel geredet«, in Anna steigt langsam ein böses Gefühl auf, »und wart ihr noch woanders, vielleicht bei ...«

»Glaub mir, Anna, eigentlich war da gar nichts, absolut gar nichts, das kann ich beschwören!« Das Wort EIGENTLICH hängt aber im Raum wie eine schwere Gewitterwolke.

Anna weiß auf einmal, was sie nicht wissen will, und schweigt. Dieses Schweigen kriecht durch den Hörer und auch am anderen Ende weiß jemand, dass Anna weiß.

»Na und?« kommt es kleinlaut und trotzig zugleich, »Rinaldo und ich kennen uns ja sowieso viel länger als er dich ...«

Anna legt auf und in dem Nebel aus Zorn, Hilflosigkeit und Nichtwahrhabenwollen tritt ein Gedanke glasklar hervor: Scheißferien, wenn nur diese Scheißferien nicht dazwischen gekommen wären!

Urlaub - sellemols

Wann mer heitzedags in Urlaub fährt, geht mer an soin Computer, klickt uff *Ferien.de* orrer was Ähnliches und schon werd mer mit billische Flugreiseaagebote iwwerschitt. Dann brauch mer ner noch e Formular auszefille un schon kommer soin Koffer packe.

Sellemols war des annerst. Wie ich a klaa Mädche war, in de 60er Johr, do is so e Urlaubsplanung a Sach vun Monate gewese. Zuerst hot de Babba iwwerleggt, wo's hiegej kennt. Un mer Kinner häwwe dann fleißisch im Atlas nach dem Ort gesucht. Meistens war er net zu finne, weil im Atlas ner die große Städt oigezaaschent sin. Äwwer de Babba wor Schullehrer in Branne un hot e ganzi Sammlung vun Landkarte gehatt. So häwwe mer dann doch noch gfunne, was er gemaant hot.

Un wann ich dann mol zu de Oma niwwer bin - die hot im Haus e Deer weirer mit em Oba gewohnt - do häwwich verkindt: »Mer fahrn in Urlaub, Oma, stell der veer!«

Un die Oma frägt: »A wo solls dann hingeh?«

»Noch Italie, Oma, ganz weit fort.«

Un dann hot die Oma die Händ iwwerm Kopf zammegschlage un hot gsaat: »Was, zu denne Maisfallehändler macht ehr? A muss des soi, un die sinn aa noch all katholisch.«

Ich häbb des sellemols net verstanne un dem Babba owends verzäjhlt, die Oma wollt net, dass mer noch Italie fahrn. Äwwer de Babba hot ner gelacht unea Landkart geholt un uns gewesse, wo schine Orte sin mit Strand un alte Ruine vun de Römer, wo mer aach noch hinmache kennt. Korzum, eh des losgange is, häwwe mer veel ze dou gehatt. Wann mer dann en Ort ausgeguggt hatte, hot de Babba e List vun de Campingplätz bestellt.

Mer sinn nämlich net ins Hotel, des war veel ze deier. Und sellemols hot die Post noch veel länger gebraucht, bis se die Adresse gfunne hot, mer häwwe desdeweje gewart un gewart. Dann endlich war die List do und mer häwwe uns en schejne Campingplatz ausgsucht. Orrer besser zwaa bis drei, weil die als schon voll warn, wann mer kumme sin. Namentlich im August warn die Campingplätz immer schon besetzt vun de Franzose, die häwwe de ganze August Summerferie un des is heit noch sou. Die Franzose sin recht konservativ. Allee, mer die schennste Plätz visitiert un dann hot de Babba sich beim ADAC ebbes ganz Spezielles schicke losse: En Fahrplan, weller aagewwe hot, an was fer ne Kreizung mer links orrer rechts abbiege muss. Heit hot mer en Navi, der aach noch schwätzt, frieher war des so e Art Kalender. Un am Rand häwwe gude Sache gstanne: Tankstelle, Aussichtspunkte, Wärtschafte, Höhemeter und in welle Monate mer Schneekerre braucht.

In denne Vorfreude sin die letzte Schulwoche rimgange un die Mamma hot e Packlist gemacht. Die vum Vermjohr is als e bissje vebessert worn, heit nennt mer des: *aktualisieren*. So e Wort häwwe mer äwwer net gekennt. Uff dere Packlist hot druffgstanne, was mer net vergesse derf, en Klappspate, a großi Blechkist, die emol unsern Kühlschrank soi soll. In Italie isses jo org warm, un mer muss jo soi Botter un die Worscht kühle. Dodefeer hot de Babba den Spate und die Blechkist gebraucht: Jetzt frägt ehr eich sicher, wie ebbes kalt bleiwe soll ohne Kühlschrank, wanns doch iwwerall warm is, äwwer des verrot ich noch net, des kimmt spärer un mer braucht en Spate dezu.

Nadierlich hot die Mamma aach Gscherr uff ehrne List, Plastikgscherr, was net kaputt geht. Un die Luftmatratze und Schlofsäck und Wäsch un all der Kram, den mer braucht, wann mer mit Kinner unnerwegs is. Moi Bobb hot do net fehle dirfe, und die Schiffchen aach net, die sunst ner samstags in de Badwann gfahrn sin. Net ze vegesse die Kochdippe un Milchpulver, Kakao, a Glas Honisch vum Oba soim un en Marmorkuche. Ja, uff unsere Toure nach Italie is immer en Marmorkuche mitgenumme worn. Un uff denn häbb ich mich am meiste gfraat. Dann häwwe im Haus an alle Ecke die ganze Sache gstanne, dass mer se net vergesse. Und endlich is der große Dag kumme: Abfahrt. De Babba hots Auto gepackt, mer hatte en klaane Fiat. Mer häwwe de Kram nunnergschleppt und er hot oigeroumt. S war veel Zeisch un es Auto wor klaa. Doo häwwich am End zwische de Dippe gehockt. Äwwer irgendwie hots immer geklappt.

Die Fahrt is als owends losgange, weil in de Nacht net so veel Verkehr war uff de Autobahn. - Was die Leit sellemols unner »veel Verkehr« verstanne häwwe, mer glaabts net,   - ei was häwwe mer dann do heit?

Allee, in die Nacht simmer gfahrn un weil des so schej gschockelt hot, bin ich als glei oigschlofe. Do hots soi kenne, dass ich erst hinner Innsbruck uffgewacht bin, wo die Hälft jo schon verbei wor. Mer häwwe als a längeri Paus gemacht, weil die Frühstickszeit kumme is un dass de Babba hot schlofe kenne. Des wor org aastrengend fer uns Kinner, weil mer kaan Krach hätte mache derfe. Und was is dann e Kinnerspeel ohne Lache und Gekrisch? Zwaa Stund hot mer sich do rimgedriggt. Wie de Babba dann ausgschlofe hatt, isses weirergange. Richtung Adria.Venedisch häwwe mer links lieje gelosse un sinn geje Ravenna. Do hot mer iwwer de Po gemisst, so haaßt der Fluss dort. Ehr kennt den sicher aus denne Filme vun Don Camillo un Bepone. De Po hatt in großem Abstand riesische Dämm.

Mich hot des schwer gewunnert, weil jo kaum Wasser ze sehe war. Awwer wann aus de Berje die Schmelzwasser kumme sin, so hot uns des de Babba verzäjhlt, dann is de Po aagschwolle un hot allen gewesse, was en braare Hinnern is. Un dann horrer aa noch soi Bett gewechselt, der Po, mol mejner links, dann mejner rechts, wie die italienisch Politik. Vum Rhoi kennt mer des net, der is echt preußisch begradischt un fließt dort, wo die Obrischkeit des will. Hinnerm Po is mer dann langsam in die Urlaubsregion kumme um Ravenna. Dort häwwe die erste Hotels am Strand uffgemacht un aach Campingplätz. Un haaß wors dort drunne, grad wie bei uns im letzte Johr. Manchmal hot mer Schlange steh misse am Oigang zum Campingplatz, so veel Urlauber sin do uff amol kumme. Do war en Kauderwelsch ze heern, mer hot ja e paar Brocke Italienisch druffghatt, äwwer net genung. Also is mit Händ und Fieß palawert worrn. Un endlich is de Babba drakumme: »14 Üwwernachtunge, capisci? 14 (und die Finger zeische oidringlich die Zahl vierzeh aa) Iwwernachtunge brauch ich. Herrgott noch emol, der kapiert äwwer gar nix!«

»Üwwernachtunge?? – Ah, notti, quattordici notti, si, si, Signore, bene, funziona bene, das geht!« »Ei sag ich doch die ganz Zeit, quattordici notti. Un was solls koste, quanto costa?«

Do rechent de Anner un schwitzt dabei. »Una notta ... seicento (600) lire, quattordici notti, ähh, sessantadue mila quattrocento (62400) lire«. Un doodebei schreibt er die Zahl kraggelisch uff e Zettelche. De Babba is oiverstanne un nickt.

»Bene, Signore, Ihre Nome?« Un de Babba sejgt: »Keil, Philipp aus Brandau.«

»Ah...Keil, bene, Philipe, grazie, Signor Philipe, grazie.« De Handel is paletti.

Äwwer de Babba is gschafft. Jetzt weist uns so en Handam-duddel[1] des Eck, wo mer unser Zelt uffbaue kenne, net so weit an de Strand, bissje Schääre[2]. Funziona bene. Die Mamma git em fuffzisch Lire un er macht sich fort: »Mille grazie, Signora, arrivederci.«

De Babba packt die Campingstühl aus un hockt sich erst emol neerer, er nimmt en Schluck Rode, den horrer im letzte Ort vorsorglich oikaaft und simbeliert, wie mer des Zelt am beste stelle kennt. Die Mamma hot derweil ehr Wäschetäschje gfunne un will uff dem Gelände s Klo un die Dusche suche. Mol gugge, obs warm Wasser git. Und mich Krotze nimmt se glei mit, dass ich de Weg lern. Mer sin schon e Weil gedappt, häwwe uns als imgeguggt un gelurt, wo aaner mit de Klopapier-roll in de Hand hinmacht. Des war sellemols e sicheres Zeiche fer de Weg zu dene hygienische Oirichtunge. Un so häwwe mers grad gfunne. Bei de Weibsleit drei Dusche mit Wasser, eher kalt als warm, zeje Klos, s Papier hot mer mitgebrunge. Un außerhalb warn große Wasserstaa fers Gschirr ze spüle. Mit Kaltwasser. No ja, do hot mer e wink mejner Spüli genumme un dann isses Fett aa abgange. Hauptsach, net gar ze veel Dreck runderim. Un die Klos warn aastännisch. Dann wirrer zerickge-dappt.

Ah, do hot de Babba schon es halwe Zelt uffgestellt. Er hälts un rifft als moim Brurer zu: »Hol mer die Hering, a wo sin dann die Leine? Mach schneller, ich kanns net mehr haale.«

Un moin Brurer rennt un schwitzt un alsomol find er net glei, was de Babba will, dann kimmt der ganz ausm Haisje un

---

[1] Trottel
[2] Schatten

krakeelt alles zamme. Do wors ner gut, dass die Nochberschleit uns Ourewäller net vestanne häwwe. Mit verointe Kräfte steht des Ding dann doch un aach a klaa Amizeltche ausm zwadde Weltkrieg fer uns Kinner.

Jetzt hot noch aa Sach gfehlt: de Kühlschrank, ich sollt besser saache, die Kühlkist in de Erd. De Babba hot mit dem Klappspate e passendes Loch ausgehowwe. Do ist die Blechkist mit alle hitzeempfindliche Sache noikumme. Un der Witz an dere Sache war der: In Italie kimmt jeden Tag de Eisvekäufer, äwwwer net mit süßem Eis zum Schnuckele, ich maan des Stangeeis fer zum Kühle. 50 Lire es Stück. Jeden Moind is de Eisverkäufer kumme un ich bin dann mit 50 Lire un em Schüsselche gerennt. S war e oifachi Sach un – funziona bene. Un all häwwes so gemacht. Sellemols in de 60er Johrn in Italie.

Äwwer ich häbb jo noch gor nix vum Wasser verzäjhlt, des Wasser wor ja iwwerhaapt die Ursach, dass mer do hiegfahrn sin mit alle denne Umständ un Mieh. Wie mir also alles fertig hatte mit em Zeltuffbau, sin mer ab ins Wasser, dodruff häwwe mer de ganze Dag schon gewart. Gerennt simmer, häwwe die Schlappe verlorn un uns in die salzisch Brieh geschmisse. Un warm wor des Wasser, so recht zum Plansche un Häfe baue fer die Schiffchen. Ach was a Paradies fer die Klaane un aach die Große, die wo sich faul in die Sunn geleggt häwwe, in Badhose un Bikini. Des Gewand hot wenisch Stoff gebraucht un wor sellemols de letze Schrei. Moi Mamma hot aach so e Ding ghatt in rosa-weiß, Vichiy-Karo. Moiner wor aa gewerfelt, awwer rotweiß. Un hat e Vollant an de Hose und am Owwerdaal. Ich war org stolz uff des Ding un bin als de Strand uffeneerer spaziert, dass mich jo all seje. Ins Wasser bin ich mit dem mordsmäßische Bikini äwwer net gange, do hot moin alte Badeazug gelangt, der mit de verwäschene Blume druff. Des salzisch Wasser hätt jo dem neie Bikini zugesetzt. S war aa wärklich org salzisch un mer hot des am Strand abwäsche misse. Do war e provisorisch Dusch, wo e Rinnsal rauskumme is. Wann mer sich lang genung drunnergestellt hot, is mer des Salz irgendwann aa los worn. Äwwer net, wann veel Leit dusche wollte un Schlange gstanne hätte. Dann hots Salz owends gejuckt wie närrisch. No ja, wann mer schon beim Owend sin, an sellem erschtem Owend wors schon ganz gemietlich: italienisches Wickelbrot, Olive, Mortadella, so groß wie en Deller, un fer de Babba Marsala mit Ei. Do hämmer uff unsere waggeliche Stiehlchen im Sand gehockt, gfuttert un Karte gspeelt. Un alles bei Kerze mit Extra-Gstank gege die Schnoke. Tja, ehr Leit, so war Urlaub – sellemols.

GESCHE KRUSE

Mei Fahrrädl verzählt

Fimf Johr lang bin isch jetz schun do
un fahr als rum im Land.
Was bin isch doch vun Herze froh,
dass ich bei eisch gelandt
in dere schääne Kurpalz do!
Wiesloch, so heeßt der Ort,
vun dem isch als mol starte du
nooch Wescht, Süd, Oscht un Nord.

Nooch Süde gehts em Kraischgau zu:
Am Letzeberg wachst Wei,
in Eppinge kannsch Fachwerk sehn,
des kännt net schääner sei!
Uf Bredde gehts am Saalbach lang;
im schääne Kraischbachdal
hots Schlesslin un aa Burge
uf de Higgl iwweraal.

Zum Bade find ma Baggerseen
in Kronau un Sankt Lee,
dorsch d Lußhardt un an Forscht vorbei
kamma uf Brusl geh.

Sogar in Karlsruh war isch schun:
Glei hinner Friedrischsdal
fahrsch kerzegrad dem Fäscher nooch,
de Schlosspark kummt dann ball.

Nooch Norde fligg isch iwwers Feld;
isch streif de Diljmer See
un kann dann glei uf Heidlberg
un an die Bergstrooß geh.
Un will isch mol uf Ladeberg
vorbei am Paffegrund –
am Neckar geht e goldisch Fähr
so alle halwi Stund.

Isch heb e klää Modörle draa,
wann isch de Berg nuf will,
drum isch de Klääne Odewald
fer misch en Kinnerspiel:
Uf Bammedal un Lowefeld
un nooch Waldwimmersbach,
un dann zurick dorschs Neckardal,
des isch e feini Sach!

Un wann isch mol verschnaufe will,
biet sisch de Weschde aa:
Im Hardtwald isch jo alles flach,
de Rhei liggt hinnedraa.

Manschmol fahr isch em Laambach nooch:
An Düne gehts vorbei,
in Schwetzinge hots Park un Schloss
un Spargl, werklisch fei!

In Mannem haww isch bissl Ängscht:
In de Quadradestadt
hots so viel Audos! Des Gewiehl
haww isch ball grindlisch satt.
Doch hots aa schääne Egge do:
im Waldpark un am Rhei,
do kann isch schnaufe un erhol misch
vun dem Krach un Gschrei.

Nooch Oschde findsch die Laambach-Quell:
Bleib grad am Bach seim Rand!
Nooch Horreberg kummt Hoffe schun,
fer Fussball arg bekannt.
In Sinse in de Badewelt
erholsch disch immer glei,
do werr isch bissl neidisch, weil:
Isch därf jo dort net nei!

Doch isch muss net bloß weider fort,
isch bleib aa in der Näh,
flitz als so gern im Hochholz rum
un um de klääne See,

fahr aa grad mol uf Raueberg
do hinne iwwers Feld,
des macht arg Spaß – un wisst er was?
Des koscht noch net mol Geld.

Do brauchsch kään Flieger un kään Schiff,
des Audo bleibt dahääm.
Hajo, wann d in der Kurpalz wohnsch,
brauchsch net in Urlaub geh.
En Fahrrad so wie isch, des langt
fer n Ausflug un viel Spaß:
Guck ääfach rum, wos dir grad gfallt,
mit Ruh un Augemaß.

Isch heb der jetz verrode, wo
sisch s lohnt mol hie zum Geh,
ob dus aa machsch, des weeß isch net,
des werre mer dann seh.
Noch meh kännt isch verzähle, doch
mach isch jetz erscht mol Schluss,
roll weider un such Plätz, wu isch
aa noch entdegge muss!

ASTRID MEYER

Das Osterlamm in der Sonne erblicken

Wasser ist voller Anziehungskraft. Wenn man seinen Kreislauf verfolgt, von den Niederschlägen an, die in die Erde versickern, Bäche und Flüsse bilden, sich mit dem Wasser der Quellen vereinen, aufsteigt als Dunst, Wolken bildet, die sich öffnen und entladen, wenn man dies alles bedenkt, alle Vorgänge und Erscheinungen als Kette von Verbindungen sieht, von der auch der Mensch Glied ist, vom Wasser abhängig wie alle Lebewesen um ihn, bestaunt und bewundert man diese Geschehnisse alle miteinander und jedes einzelne für sich.

Doch das ist nur einer der zahlreichen Gedanken und Betrachtungen über das Wasser. Als Lebensquell und -begleiter aber hat er noch eine Reihe von Wirkungen und wertvollen Gaben, die uns an ihn binden und ihm auf verschiedenerlei Arten dankbar werden lassen, sei es die freudige Dankbarkeit der Augen oder die Dankbarkeit für die Lebensnotwendigkeit des Körpers.

Wasser, vom Wind bewegt, von der Sonne beschienen, unzählige kleine Wellen zeigen sich, keine andere Fläche zaubert so goldflüssige Bilder wie das Wasser, in der Tiefe aufgewühlt, dass es vor den Augen der Menschen zu lebendigem Glanzflimmern verebbt. Ein wunderbares Augenspiel, das mich immer wieder anhält zu schauen und mich zu erinnern, an anderes Wasser zwar, jedoch voller Bedeutung und Symbolkraft des Glaubens.

Es war vor langer Zeit und hielt sich bis noch in die letzten Jahre, Vater holte, nach altem Brauch aus seiner Kindheit in Thüringen, »Osterwasser«. Früh am Ostersonntagmorgen ging er und musste vor Sonnenaufgang zurück sein.

Sehr viel mehr weiß ich nicht über diesen Brauch, außer dass es Männer sein müssen, dass es ein fließendes Wasser sein muss und auf dem Weg nicht gesprochen werden darf. Man schöpfte das Wasser im Eimer und trug es schweigend nach Hause.

Jeden Ostermorgen denke ich an den alten Brauch, schweigend gingen die Männer vor Sonnenaufgang mit dem Wasser heim, was war das für ein Schweigen?

Am Karfreitag war Jesus ans Kreuz geschlagen worden, sein leibliches Leben war beendet, am Ostersonntag, dem Tag des Wasserholens, war er auferstanden. Wollen sich die Menschen mit dem Wasser das Wunder vom leiblichen zum geistigen Leben ins Haus holen? Vater erzählte, es hieß »das Osterlamm in der Sonne zu erblicken«.

Vater holte in der letzten Zeit dann das Wasser in einer Gummiwärmflasche. Wir ließen es vorsichtig in eine Schüssel laufen, tauchten die Hände hinein und betupften damit Gesicht und Arme. Es ging ja nicht ums Waschen, Sauberwerden, sondern um die Symbolkraft des Wassers und um die Andacht vor dem heiligen Brauch, die mich noch in der Erinnerung überkommt. Wasser begleitet uns lebenslang.

Manchmal denke ich, wasserverliebt seit ich denken kann, schon als kleines, kleinstes Kind, wie viele verschiedene Gesichter das Wasser hat. Es ist etwas, dem man mit der eigenartigen Liebe des Nicht-Haltbaren, des Fließenden, Fliehenden zugetan ist, etwas, das man wegen dieser Eigenschaften umsomehr und auf sich immer, mit jedem Tropfen, jedem Rinnsal, mit jedem Rauschen, jedem Wellenschlag wieder erneuernde Weise hingezogen fühlt..

Was man halten, weglegen und aufbewahren kann, was einem gehören kann, verliert einen Teil von seinem Reiz, weil man, immer wenn man will, es hervorholen, greifen, betasten, sich sattsehen und es bis zur Sättigung berühren kann. Wasser aber, ja, man kann es greifen, durch die Hände rinnen lassen, seine Perlen auf der Haut spüren, den kühlen Strahl auf erhitzten Armen und Beinen, man kann sich ganz umgeben lassen von ihm, kann sich bewegen in und unter ihm und von ihm getragen sein, aber es ist lebendig und bleibt nicht stehen, fließt und eilt davon, lässt uns zurück, bleibt nicht bei uns und darin wohl liegt die immer neue Lockung des Wassers.

Aber halt, da waren doch Worte dabei, die genau seine Symbolkraft und wie wir glauben können, an was wir glauben können, treffen. Wir können uns »ganz umgeben lassen, uns bewegen, getragen sein«, das ist der Geist des Glaubens, dem wir uns anvertrauen dürfen, »es ist lebendig und bleibt nicht stehen«, das ist das Leben der Menschen, sein Lauf, beide aus Gottes Hand.

Die Tauber

Noch nie habe ich Worte für den kleinen Fluss meiner Heimat gesucht und gefunden.

Heute bin ich allein im Zug unterwegs, begleite sie in ihrem natürlichen Bett, folge ihren Bogen und Windungen durch das Bauernland (Bauland). Es reicht bis zu den erlenbestandenen Ufern.

Ich staune über das tiefe Türkis des Wassers auf dem Weg zum Main.

Durch das Tauwasser des nahen Frühlings tritt der Fluss über seine Ufer. und nimmt ursprüngliche Wildheit an. Er erinnert an eine Auenlandschaft mit morschen, zwischen brüchigem Schilf, undurchdringlichem Strauch- und dichtem Rankwerk ruhenden Baumstämmen.

Der wasserreiche Fluss bildet kleine Halbinseln, auf deren einer ich gern einmal sein möchte. Ganz leise, aus der Tiefe, steigt dieser Wunsch auf, mich vom seit Kindheit vertrauten Tauberwasser umgeben und der Erde dieser Landschaft tragen zu lassen.

Hier begann meine Zeit.

Erinnerungen nehmen immer mehr an Gewicht zu.

Einmal badete ich mit meinem Vater in der Tauber. Doch der steinige Grund, über den das Wasser eilig und kraftvoll rauschend floss, war gefährlich.

Mit Nachbarkindern spielten wir auf den Gehwegen der Brücke, bemalten sie mit Kreide oder trieben Kreisel an.

Der Fluss selbst nahm wenig Raum in mir ein. Er war da. An seinen feuchten Ufern wuchsen schöne Blumen, Gräser und Kräuter, die ich sammelte. Blumen pflückte ich zu Sträußen, die die Kinderhand kaum noch umfassen konnte. Viel war schön!

Heute weiß ich, dass der Fluss damals schon seinen Platz in mir gefunden hatte, doch ich wusste nichts davon.

Erst als wir fortzogen, merkte ich, dass er mir fehlte.

Es war die stille Schönheit seiner Ufer, der üppigen Pflanzen, der Obstbäume und alten Kastanien.

Wenn ich im Frühling auf der Brücke stand – unter mir im Gras Gänseblümchen und Vergissmeinnicht, Wiesenschaumkraut und Veilchen –, dachte ich mit Blick in die Ferne, wo der Fluss schmaler und schmaler wurde, wieviele verborgene Sommerblumen an den Ufern in ihren Hüllen schlafen, wieviele Knospen gerade aufbrechen.

Mir fehlten auch die Wechselbilder, die der kleine Fluss in allen Jahreszeiten zeigt.

Und auch das Geheimnis seines Rauschens, das endlose Eilen, das Glitzern der Wellen an sonnigen Sommertagen, wo Mutter Wäsche zum Bleichen im Gras ausbreitete. Mich hatte sie im Schatten der Apfelbäume gelassen, doch ich bekam trotzdem Sonnenbrand.

Mir fehlt auch die Sehnsucht nach dem Glanz ihrer Wellen, der ich nachgab, zur Brücke ging und schaute.

Das Unterwegssein des Wassers löste etwas in mir aus, das ich nicht benennen konnte. Ich wollte daran teilhaben und es gleichzeitig festhalten. Doch das geht nicht. Wasser fließt. Die Gegenwart gibt und nimmt, nur in der Erinnerung ist Bleiben.

Heute kommt mein Blick lange nicht vom Wasser zurück. Er bleibt im Bann des Silberzaubers auf den Wellen. Und ich träume einen Augenblick, der kleine Fluss spürt mich, zeigt Erkennensfreude im übermütigen Fließen und Rauschen, stellt im Fluten Wellenberge schräg zu den Ufern, um mir oben auf der Brücke näher zu sein. Wer weiß?

Feuerwerk

Unter dem Himmel der Sommernacht, im sonst schweigenden Raum, fasziniert ein Zauber für wenige Minuten.

Trotz des Wissens um Raketen, Leuchtsignale aus chemischen Substanzen, die langsam oder explosionsartig abbrennen, schauen wir gebannt, von einer Wechselwirkung aus Magie und Euphorie erfasst, Zischen und Knallen ausgeliefert, verzaubert von Formen- und Farbenspiel unter der dunklen Kulisse der Julinacht.

Was geht in uns vor im Anblick der Lichtbahnen in den Himmel schießender Raketen, leuchtend bunter Farben, blitzender Figuren, Blütendolden, die sich bilden, wenn Sterne aus sich verzweigenden Garben ins Auge springen, verglühen – dann wieder Zischen, spannungsteigerndes Rumoren den nahen Knall ankündigen, dazwischen Zauberbilder, die im Werden schon vergehen, Höhepunkt sich an Höhepunkt reiht, der Himmel prunkt mit Fantasien aus Formen und Farben, was?

Mitgezogen sind die Augen im Auf und Ab, Entstehen und Verglühen der Bilder, dauernd unterwegs. Bleibt keine Zeit zum Überlegen.

Hochgerissen wird das Sehen zu Sternen, aus denen himmelfüllende, ihn erhellende neue Sterngruppen fallen, als kämen sie aus durch die eigene Helligkeit sichtbar gemachten Räumen der Nacht geflogen, um aufzuglühen und zu verlöschen. Auf dem rasanten Weg der Lichtbahnen entwickelt sich ein ungeheures Lebensgefühl, als nähme die Geschwindigkeit uns mit in die Höhe, die unendliche Dunkelheit, in die sich Sekunden später die leuchtendsten, farbigsten Lichttöne ergießen: Eindrücke: aus der Mischung von himmelbeherrschendem Nachtdunkel, vor dem sich ein triumphales Formen- und Farbengastspiel ereignet, das nur Feuerwerk vorbehalten ist.

Hinterher wollen die Gedanken das Spektakel nicht nur in der Erinnerung behalten, sie wollen sich zurückversetzen in die scheinbar aufgehobene Erdgebundenheit, die es vermittelt, das rasante Tempo der aufschießenden Raketen, das farbige Strahlen, blitzende Leuchten und das Staunen – die Magie flüchtiger Augenblicke.

Im Hermannshof

Der Hermannshof in Weinheim lockt mit überrankten Wegen unter hohen, auch exotischen Bäumen zu sonnigen Wiesenwegen. Natürlich angelegt sind Busch- und Staudengruppen, Kräuter- und Blumeninseln. Nichts ist abgezirkelt. Bänke am natursteinbelegten Laubengang locken unter uralte Glyzinien. Malerisch hängen bis über einen halben Meter lange violette Blütentrauben aus dichtem olivgrünen Blätterreich herunter.

Sympathisch wirkt die Weitläufigkeit des Gartens und seine in allen Jahreszeiten gepflegte Ordnung.

Bänke um die große Wiese und den Teich, unweit der fremdartig anmutenden Baumform der Magnolie, halten den Besucher zwischen Eindrücken und Betrachtungen, lassen ihn entspannen, rasten und träumen.

Einen der Gäste beschlichen angesichts der vielfältigen Pflanzen neben schwärmerischen Gedanken auch praktische Überlegungen, als er sich im kleinen Gewächshaus mitten im Garten umsah.

In seiner Fantasie spielten exotische Gewächse, entfalteten ihren Rauch der Fremde und Besonderheit, während seine Jacke, in der er die rechte Hand hatte, den Rand einer flachen Saatschale streifte. Völlig absichtslos, meinte er, der Raum ist eng. Doch plötzlich, er drehte sich um, griffen zwei spitze Finger zu, packten eines der Pflänzchen, zogen es mit kurzem Ruck aus der Erde. Breitwürfig gesät, merkten es die anderen nicht und auch sonst niemand.

Zuhause, im Vorgefühl, seinem kleinen Garten eine überraschend neue Note zu verleihen, sucht er, von seiner Stimmung beflügelt, einen passenden Topf für den Neuen. Ton musste es sein, Plastik war zu gering, breit und tief, für die ungehinderte Entfaltungskraft des Exoten. Er kaufte die teuerste Erde, setzte die Pflanze im Hochgefühl der Erwartung, drückte an, goss und schrieb das Datum der Pflanzung auf.

Nach zwei Wochen streckte sich die Pflanze, trieb Blätter, Kohlrabiblätter, und brachte den Gärtner auf den Boden der Tatsachen zurück. Vorläufig hatte sie ihn als Freund verloren, denn er trennte sich von ihr, brachte sie aufs Land, in einen alten Bauerngarten. Bei einem Sonntagsessen im Sommer begegneten und versöhnten sie sich. Es gab: Braten, Klöße und Kohlrabigemüse.

Mein Oberfeld

Wo die Landschaft in der Ferne verschwimmt, die Jahreszeiten kommen und gehen, trägt das Oberfeld das Geheimnis seiner Anziehung durch die Zeit.

Es ist eine uralte Rodung von »Ackerbürgern« aus dem elften Jahrhundert im Osten von Darmstadt.

Waldumgebenes Land, unter der Obhut des winterlichen Himmels ruhst du; deine Stimmung überträgt sich.

Wenn es Frühling wird, fühle ich deine Erde, den Himmel und erwache mit dir.

Lebensfreude hat mich geweckt; ich trug sie in mir, du hast sie zum Ausdruck gebracht.

Meine Blicke geben mir die Gewissheit, dass dem offenen Feld sich weitere anschließen, weder Mauern noch Zäune sie unterbrechen.

Meine Gedanken durchziehen den endlosen Raum, ohne anzustoßen. Ich fühle meinen Platz, umarmt von Himmel und Erde.

Ob ich schaue, um zu sehen, ist das eine, ob sich mir die Bilder der Landschaft mitteilen, das andere.

Wenn ich die Natur im einzelnen Baum und Gras gegenüber dem Wald und der Wiese erlebe, steigern sich die Eindrücke ins Unermessliche.

Es äußert sich nicht nur Gefallen, ich bin nicht allein beeindruckt, es ist viel eindringlicher, wirkt tiefer; ich bin hingegeben der vielfältigen einzigartigen Macht der Natur, der ich am Oberfeld in stiller Erhabenheit begegne.

Wenn die Augen unterwegs sind zu den Wäldern, auf den endlosen Feldern, den Wiesen, unterwegs zwischen Himmel und Erde, fühle ich mich.

In der Stille verbindet sich das Leben der Natur mit meinem Leben.

Goldene Stunde, wo niemand spricht, die Luft lautlos Blätter in den Bäumen bewegt.

Gegen Abend lassen ihre langen Schatten die Vorstellung, Dämmerung und Nacht an diesem Ort zu erleben, zum Wunsch werde.

Auch in der Ferne bist du gegenwärtig. Deine Weite und die Zwiesprache mit dem Himmel ruhen tief wie ein Segen in mir.

Es gibt keinen Abschied.

Das Passionsspiel in Bensheim an der Bergstraße

Am Karfreitag wird in Bensheim seit 1984 alljährlich das Passionsspiel aufgeführt, das die ganze Stadt in Bewegung bringt und nicht unberührt lässt.

Festlich hatte sich die kleine Stadt auf das Passionsspiel hin geschmückt, Brunnen, Plätze, Häuser, Vorgärten, überall leuchteten bunte Frühlingsblumen.

Die Menschen standen mitten auf den abgesperrten Straßen, sprachen miteinander oder waren auf dem Weg zu einer der vier Leidensstationen.

Ein Bürger der Stadt, die Mehrzahl der Mitwirkenden sind Angehörige der italienischen Gemeinde, spielt Jesus. Was er wohl für ein Mensch ist, wieviel er seine Rolle spielt, wieviel er er selber bleibt?

Wir fragen uns das immer wieder.

Da kommt der Zug, voran die Fahne Roms, die Römer in ihren prächtig wallenden Gewändern, mutige, stolze Männer mit geschichtsbewussten, sieggewohnten Mienen; einzelne Trommelschläge fordern die Aufmerksamkeit des Volkes für das Geschehen.

Vom Kreuzigungsort herunter klingt Chorgesang, Jesus erscheint in Gefangenschaft der Römer, gebeugt unter der Last des Kreuzes und der Dornenkrone.

Während seines Wegs durch die engen Gassen werden die Menschen still.

In dieser Zeit geht so viel in uns vor. Und wieder taucht der Gedanke auf, wie fühlt sich der Jesus-Darsteller, als Mime, als gläubiger Mensch?

Die Gedanken fragen nach dem eigenen Glauben und werden wieder gefangen vom Spiel. Sind die Zuschauer, die sich da am Karfreitag treffen, andere Menschen als an jedem anderen Tag des Jahres?

Dem leidenden, schicksalsergebenen Jesus-Darsteller gelang, etwas von Für-euch-Sterben glaubhaft zu machen, und sei es nur für die Stille der Zeit des Spieles. Es ist ein Anstoß, ein Wegweiser.

Den ganzen Tag über, bis in den Abend, gingen das Erlebte und seine Bezüge zu unserem Tun und Leben mit uns, gaben uns neue Augen, die Welt und ihre Gesichter zu sehen und zu verstehen.

Das Wasser der Brunnen der kleinen Stadt bekam tiefere Bedeutung, Wein und Brot, das Abendmahl, kamen in den Sinn. Die Blumen in den Steintrögen dufteten lebhafter, die Katze im Sand am Parkplatz bewegte sich weicher als sonst. Ob das mit dem bevorstehenden Leben, mit dem bevorstehenden Osterfest zu tun hatte?

Selbst die gemeinen Löwenzahnblüten in der Sonne wurden an diesem Tag zum Ereignis, weil sich das Leben im Gedächtnis der Menschen an diesem Tag um ein Jahr erneuerte. Tod und Auferstehung nahmen Einfluss auf die Menschen, weil das Ereignis so hautnah ablief.

Das Spiel erhob die Geschichte Jesu aus im Laufe eines Jahres sich verlierender Erinnerung zu wieder neuem, erschütterndem Wissen.

Die Zeichen des Lebens in Blume und Sonne waren dieselben, die ich in den Gesichtern der Kinder und alten Menschen sah, die Jesus näher zu sein scheinen als die Menschen in der Lebensmitte, die unterwegs sind in Alltag, Pflicht, Angst und

Sorge, um den Ablauf des Lebens zu gestalten. Ihnen bleibt weniger der Blick auf das Leben im Kleinsten. Hier jedoch, in dieser Stunde, auf dem Weg von Station zu Station, da waren sie eins, und ich dachte, wie könnte die Welt sein, wenn das nicht nur an einem solchen Tag so wäre.

HEINER MEYER

Baltrumer Bunkernächte 1955

Wem ist es nicht auch schon einmal so ergangen: Man bekommt einen Gegenstand in die Finger oder auch nur ein altes Foto. Und auf einmal sind sie da: die Erinnerungen an ein viele Jahrzehnte zurückliegendes Erlebnis. So erging es mir, als ich von Freunden hörte, dass sie Urlaub auf Baltrum machen wollten ...

Meine größte Radtour als 18-Jähriger brachte mich im August 1955 von Darmstadt aus in fünf Tagen auf die Insel Baltrum; es waren fünf Tage tüchtigen Strampelns nötig, denn täglich etwa 100 bis 120 Kilometer wollten bewältigt sein, auf einem Tourenrad, mit dicken Reifen also und ohne jegliche Gangschaltung, wie sie heute üblich sind!

»Infiziert« mit dem »Bazillus Baltrum« hatten mich ein Jahr zuvor Mutter und ältere Schwester, die im Sommer 1954 dieses »Dornröschen der Nordsee« besucht hatten (mit diesem Slogan machte man damals Werbung). Sie waren hellauf begeistert und schwärmten von der Abgeschiedenheit und Ruhe. Denn auf der Insel bestand schon damals Autoverbot.

Auf dieser Radtour Anno 1955 übernachtete ich noch in Jugendherbergen; ich erinnere mich noch an die fünf Stationen: Marburg an der Lahn war die erste Tagesetappe, von Darmstadt aus. Weiter ging es am zweiten Tag bis Brilon im Sauerland. Rinteln an der Weser war am dritten Tag erreicht; zuvor aber,

in der Mittagszeit, durfte ich in der Jugendherberge von Pader-
born beim Kartoffelschälen mithelfen, dazu gab's Rotkraut und
eine Bratwurst (alles für 1,50 DM). Sehr früh am nächsten Morgen startete ich Richtung Minden, bestaunte den Mittelland-
Kanal, auf dem die Schiffe über eine Betonbrücke fuhren; am
Dümmersee vorbei war nächste Station Diepholz. Hier ging ich
abends mit einer ganzen Gruppe Gleichaltriger ins Kino, um
Luise Ullrich im Film »Ich weiß, wofür ich lebe« anzusehen
(ehrlich, sowas sahen damals junge Menschen von um die 18
Jahren).

Über Oldenburg, Varel und Jever erreichte ich spätabends
Esens, kam also der Küste schon recht nah. So stieg die Span-
nung am anderen Morgen; ich wartete auf den Augenblick, wo
ich zum erstenmal im Leben das Meer sehen sollte (fünf Jahre
zuvor hatte ich als Pfadfinder 1950 die Alpen kennengelernt,
während eines dreiwöchigen Zeltlagers bei Grainau an der Lois-
ach). Aber als ich in Neßmersiel ankam, war Ebbe und vom
Meer weit und breit nichts zu sehen: Schlick, soweit das Auge
reichte!

Von hier aus sollte mein kleines Fährschiff nach Baltrum
übersetzen. Ich hatte aber noch einige Stunden bis zur Abfahrt
am Nachmittag Zeit, musste mein Fahrrad schließlich in der
Scheune eines Gasthofes abstellen; ich durfte es also nicht mit
aufs Fährschiff und auf die Insel nehmen (das Abstellen kostete
auch eine Kleinigkeit).

So kam ich auf der Insel am Nachmittag an: Mit den Fahr-
radpacktaschen in der einen, Schul- und Kameratasche in der
anderen Hand. Gleich nach der Landung musste ich mich so
mit meiner einfachen Agfa-Box-Kamera dokumentieren, in die
ich einen Selbstauslöser einschrauben konnte (als Stativ diente

übrigens ein Weidenzaun). Die Kamera hatte mir zwei Jahre zuvor ein Vetter geschenkt, als er uns von Pirmasens in Darmstadt besuchte; sie hatte damals übrigens um die sieben Mark gekostet, war mit Rollfilm zu laden, sodass die Bilder 1:1 groß wurden, also nur Kontaktabzüge waren, keine Vergrößerungen.

Nun kam ich recht leichtsinnig auf Baltrum an, hatte mir zuvor um ein Quartier für ein paar Tage keinerlei Gedanken gemacht, nichts vorausbestellt.

In meinem jugendlichen Übermut ging ich kurz vor Schließung zum Verkehrsverein mit dem Gedanken: »Die werden mir schon eine Unterkunft nennen können!« Dem war aber zunächst nicht so, es war partout nichts frei in diesen heißen Augusttagen des Jahres 1955! Da erinnerte sich ein Mitarbeiter des Verkehrsvereins seines »Bunkers in den Dünen«, den er bisher jedes Jahr an einen Berliner Studenten vermietet habe; dieses Jahr habe er aber noch nichts hören lassen. So wurde ich für ein paar Tage stolzer Besitzer dieses Bunkers, von dem ich gleich nach der Ankunft eine Aufnahme machen musste, da die Sonne dafür »genau richtig« stand.

Natürlich war es eine ganz einfache Behausung mit nackten Betonwänden, aber eine romantische, wie ich mich erinnere.

Kurios war die Tatsache, dass sich die Tür nicht von innen abschließen oder verriegeln ließ, sondern nur von außen!

So schlief ich in der ersten Nacht doch recht unruhig, horchte auf Schritte – es konnte ja jemand jeden Augenblick bei mir »einbrechen«. Das Fenster ließ ich offen, zog den geblümten Vorhang vor und stellte zwei volle Kondensmilchdosen (Glücksklee, sie waren »Eiserne Ration«) auf den Vorhang aufs schmale Fensterbrett. Wie schreckte ich in der Nacht hoch, als sie herunterfielen, da der Vorhang vom Wind hereingeweht wurde!

Danach machte ich solchen »Unsinn« nicht wieder.

Dieses Unsicherheitsgefühl legte sich sehr schnell, und in den folgenden Nächten schlief ich wie in Abrahams Schoß!

Vor einiger Zeit erzählte ich – ganz beiläufig – einem befreundeten Ehepaar von meinen »Baltrumer Bunkernächten 1955«. Welche Überraschung, als ich von ihnen nach Rückkehr von ihrem Baltrum-Urlaub einige Farbfotos erhielt, die sie von »meinem« damaligen Bunker gemacht hatten; leider nur aus einiger Entfernung, da ein Drahtzaun das Gelände umgibt, den sie für meine Aufnahmen nicht übersteigen konnten. Einige kleine Enttäuschungen gab es: sie hatten eine ungünstige Tageszeit für ihre Aufnahmen gewählt, und der rotbraune heutige Anstrich gefällt mir gar nicht, damals war er sandfarben und der Umgebung angepasst!

Unsere Freunde erfuhren, dass das zuständige Domänenamt in Norden den Bunker samt Umfeld (190 Quadratmeter) an einen Baltrumer verpachtet habe, der das Gelände privat nutzt.

Im Zweiten Weltkrieg befanden sich auf der Insel im Westdorf und an der Aussichtsdüne Erdbunker für die Mannschaften von Flakständen (Flak = Flugabwehrkanone); »mein« Bunker an der Aussichtsdüne blieb erhalten, während der im Westdorf später zugeschüttet wurde.

Während meiner Baltrumer Tage fotografierte ich mit meiner einfachen Box auch das Inselwahrzeichen, die in der Ortsmitte stehende Inselglocke (so auch der Titel des örtlichen Publikationsorgans) und die sich trutzig in den Wind duckende kleine, efeubewachsene Kirche.

Ganz interessant mag in diesem Zusammenhang auch die Tatsache sein, dass Ansichtskarten, die ich nach Hause sandte, zehn Pfennige Porto erforderten, plus einer Zwei-Pfennig-Steuermarke »Notopfer Berlin«.

Leider blieb es bei meinem einmaligen Baltrumbesuch von 1955. Aber jedesmal, wenn mir diese alten Box-Aufnahmen in die Finger kommen, denke ich daran zurück, an meine »Baltrumer Bunkernächte von 1955« und mein Schlafen bei offener Bunkertür ...

Man soll die Feste feiern, wie sie fallen oder In Vino Veritas

»Hallo, hast du heute schon was vor?«, höre ich Lydias aufgekratzte Stimme am Telefon.

»Nichts Wichtiges, du weißt ja, es gibt zuhause immer was zu räumen«, sage ich wahrheitsgemäß.

»Das ist doch großartig, du weißt doch, dass ich umgezogen bin, und heute habe ich die letzten Sachen eingeräumt und dekoriert. Außerdem habe ich jede Menge Lebensmittel und Wein eingekauft. Wie wäre es mit einer kleinen Housewarming-Party, nur wir zwei. ich könnte italienisch kochen.«

»Super Idee! Wann soll ich kommen?«

»So gegen sechs Uhr, dann haben wir den ganzen Abend zum Feiern und Genießen.«

Zur angegebenen Zeit fand ich mich bei meiner Freundin ein, bewaffnet mit einem riesigen Blumenstrauß.

Die erste Flasche Wein war schon geöffnet. »Aus der Toskana. Probier mal, ich kenne den auch noch nicht«. Er schmeckte uns beiden.

Da Lydia mit dem Essen noch nicht ganz fertig war, half ich ihr beim Kochen und Anrichten.

So leerten wir die erste Flasche Wein, noch ehe wir zu Tisch saßen.

Was es zu essen gab, weiß ich heute nicht mehr, nur dass es mehrere Gänge waren und wir uns prächtig unterhielten, die

Speisen genossen und dabei zwei weitere Flaschen Wein leerten.

»Hoch lebe die Toskana und ihre exzellenten Weingebiete«, trällerte Lydia, »ich habe noch eine vierte Flasche, aber das ist leider nicht der gleiche Wein. Sollen wir den noch probieren?«

»Nöö«, schnurrte ich, »man soll ja immer bei demselben Getränk bleiben.«

»Also gut«, entgegnete sie, »dann gebe ich dir die Flasche einfach mit und du trinkst sie zu Hause mit deinem Mann, aber auf mein Wohl!«.

Gesagt, getan. Dankbar, die Flasche in der Hand, begab ich mich nach einer heftigen Abschiedsumarmung auf den weiten Weg – quer durch die Stadt –, weit nach Mitternacht. Die Luft war lau, ich fuhr mit geöffnetem Fenster. Unweit meines Domizils kam ich in eine Polizeikontrolle. Der Papst war in der Stadt, höchste Sicherheitsstufe, sogar die Kanaldeckel waren zugeschweißt. Fatal für mich: er übernachtete in einem Priesterseminar ganz in der Nähe meines Wohnsitzes.

»Allgemeine Verkehrskontrolle. Ihren Führerschein bitte«.

Meine Hände zitterten vor Aufregung und Angst, natürlich zeigte der Alkohol seine Wirkung.

Gefühlte Stunden vergingen, ich kramte immer noch in meiner Tasche.

»Sie haben doch einen Führerschein?«, fragte der Polizist und beugte sich jetzt zu mir herunter.

»Jaaa, schon sehr lange«, antwortete ich, erleichtert, dass ich ihm nun das gewünschte Dokument präsentieren konnte.

»Haben Sie Alkohol getrunken?«

Geistesgegenwärtig zeigte ich auf die Weinflasche neben mir und erwiderte: »Nur ein Glas zum Essen, den Rest habe ich dabei.«

Der Polizeibeamte nickte, gab mir den Schein zurück und schrieb es sicher meine Aufregung zu, als ich den Motor noch zweimal abwürgte, bevor ich losfahren konnte.

»Sie haben es ja nicht mehr weit, fahren Sie vorsichtig«, gab er mir noch mit auf den Weg.

Nach genau einer Woche öffnete ich die »vierte« Flasche Wein – dann wählte ich Lydias Nummer ...

FRANZISKA MOTAMEDI

Es gibt sie noch

Es gibt sie noch
Gedichte
die zu lesen sich lohnen
neue Gedanken erzeugen

Es gibt sie noch
Tatsachen
die berühren
an das Gute glauben lassen

Es gibt sie noch
Menschen
mit guten Vorsätzen und Zielen
auf die man gewartet hat

Es gibt sie noch
Neuanfänge
die Situationen verändern
Verbesserung bewirken

Es gibt sie noch
Feiern und Feste
die den Alltag verzaubern
die Seele gesunden lassen

Es gibt sie noch
Glücksmomente
die so schön sind
in der Erinnerung bleiben

REGINA SCHLEHECK

Der Ohrring

Mist, einer war weg.

Sie hatte sie gestern nach der Anprobe in die Muschel an ihrem Spiegel gelegt, in die sie immer abends ihren Schmuck fallen ließ, ehe sie selbst ins Bett plumpste. Sie hätte schwören können, dass heute Morgen noch beide da gewesen waren, aber sie hatte nicht genau hingeguckt. Hatte die Kreolen angelegt, die so gut zu ihren Locken passten, und die Korallentropfen nicht beachtet.

Die Katze? Aus dem Alter war Grace heraus, in dem sie mit allem spielte, was herumlag. Sicherheitshalber guckte sie hinter den Spiegel, neben die Kommode, ging ächzend in die Knie, nutzte die Taschenlampenfunktion des Smartphones. Nichts.

Es waren außergewöhnliche Ohrringe. Große dunkelrosa Korallengehänge mit einem eingelassenen Brillianten. Nach Tante Hetis Tod war es das erste gewesen, was Babette gesichert hatte. Man konnte ja nie wissen. Da war noch allerhand Verwandtschaft, und sie kannte die Probleme schon seit dem Tod ihrer Mutter vor fünf Jahren.

Damals war erst mal alles andere wichtiger gewesen. Was es alles zu regeln und zu organisieren gab! Man hing wochenlang nur noch am Telefon und lief von Termin zu Termin, Hunderte von Menschen gingen aus und ein, und als sie sich am Ende umguckte, war der größte Teil des Hausrats verschwunden. Schmuck, Kleidung, Möbel - jeder hatte irgendetwas mitgenommen, und sie hatte das meiste auch noch abgenickt. Aber viele Teile, an denen sie wirklich hing, die sie nie freigegeben hätte, waren unauffindbar. Und wenn man das eine oder andere später bei irgendeiner Kusine oder Schwägerin wiedersah, dann war es doch pietätlos, es zurückzufordern: »Weißt du, Babette, ich bin ja so froh, dass ich das gute Stück von deiner Mutter bekommen habe. Es erinnert mich immer wieder an sie. Was für eine großzügige und warmherzige Frau sie doch war! Sie muss dir sehr fehlen. Sie fehlt uns allen.«

Und jetzt Tante Heti. Babette hatte noch den engsten Kontakt mit ihr gepflegt, die eigenen Kinder lebten weit weg. Hetis Tochter Katina hatte sich zwei Tage darauf bei Babette einquartiert, um alles zu regeln. Aber sie fiel ihr eher zur Last. Katina war der Typ Frau, der von praktischen Dingen des Lebens keine Ahnung hatte. Sie wusste nicht, was erforderlich war, wo man sich hinwenden konnte, und hatte zu allem auch noch hunderttausend Einwände und Bedenken:

»Ob Mutter das wohl gefallen hätte, in dieser Spitzenbluse aufgebahrt zu werden? Meinst du nicht, man sollte das Menü nicht erst mit den Schwägerinnen absprechen? Ich bin mir ganz sicher, dass Ulrike kein Rindfleisch mehr in ihrer Küche duldet, da müsste man doch eine Alternative anbieten, was meinst du?«

»Mach deinen Scheiß doch alleine«, hätte Babette ihr am liebsten geantwortet, aber sie diskutierte dann doch alles geduldig mit ihr durch, und es blieb natürlich bei Spitzenbluse und Rindfleisch.

Sie war sich nicht sicher, ob sie Katina so viel Hinterfotzigkeit zutrauen sollte, dass sie ihr einen von diesen Ohrringen heimlich wieder wegnahm. Natürlich hatte Babette sie ihr gezeigt: »Du hast doch nichts dagegen? Schau, wie gut sie zu meinem lachsfarbenen Kostüm passen, wie das Tüpfelchen auf dem I. Ich hab sie schon immer so an ihr bewundert, und Heti hat mir immer versichert, dass ich sie mal erben werde.«

Natürlich hatte Katina abgenickt, genauso wie sie selbst damals nicht anders gekonnt hatte, als abzusegnen, was man ihr wegnahm. Gefallen hatte es Katina bestimmt nicht, aber was blieb ihr anderes übrig? Sie war schließlich bei ihr zu Besuch und auf ihre Hilfe angewiesen.

Da hatte Babette schon eher Poppy im Verdacht, ihre chaotische Tochter. Poppy war gestern aus Berlin angereist, wo sie seit sechs Jahren studierte, ohne sich je ein Fortkommen anmerken zu lassen. Wie sie wieder aussah: lila Haare, Bürstenschnitt, zerfetzte Jeans, Schnürstiefel mit abgerissenen Senkeln, schweinchenrosa kurze Lederjacke, über und über mit Eddings bemalt! Poppy war so drauf, dass sie sich den Ohrring glatt an ihren gepiercten Bauchnabel hängen würde, nur um ihre Mutter zu ärgern. Sie war ein absolut hoffnungsloser Fall, und sie kam auch nur noch nach Hause, um Babette genau das spüren zu lassen. Heinrich hing nach wie vor an ihr, typisch Vater, aber mit ihm konnte Babette schon lange kein vernünftiges Wort wechseln, das über die Tageszeit und den Wetterbericht hinausging.

Es hatte keinen Wert. Sie musste sich fertig machen. Dann also die Kreolen. Babette seufzte und zwängte sich in ihr schwarzes Kostüm.

Das Wetter war zum Glück passabel. Die Kapelle gut gefüllt. Die Rede des Pfarrers annehmbar, nicht allzu lang, nicht allzu verlogen, an einigen wichtigen Eckdaten konnte man die Verstorbene erkennen.

Langsam folgte der Zug dem Sarg bis zu dem lauschigen

Plätzchen gleich neben dem Grab der Mutter. Über der aufgeworfenen Erde lag der obligatorische scheußliche Kunstrasen. Daneben die Körbe mit rosa Nelken, Hetis Lieblingsblumen, die als Grabbeigabe gedacht waren. Babette war erleichtert. Soweit hatte alles geklappt. Jetzt musste nur noch das Essen gut über die Bühne gehen.

Sie stand zwischen Heinrich und Katina an dem offenen Grab, in das Hetis Sarg herabgelassen worden war. Die Trauergäste defilierten und griffen nach der Schaufel, um Heti mit Erde zu bedecken, und nach den Nelken, um ihr einen letzten Gruß mitzugeben. Manche verharrten und beteten. Babettes Füße taten ihr weh in den engen schwarzen Schuhen. Sie sehnte sich nach dem Essen.

Poppy stand ganz hinten und stach zwischen all den schwarzen Menschen heraus. Babette war ganz froh, dass sie sich nicht neben sie gestellt hatte, wie es sich eigentlich gehörte. Als sie schließlich als eine der Letzten an die Grube trat, fixierte Babette sie scharf. Sie traute ihr jede Verrücktheit zu. Womöglich ließ sie die Hosen runter und stellte sie alle bloß. Aber Poppy stand ganz brav an dem Grab und sagte laut: »Mach's gut, altes Haus!« Dann hob sie den Arm und warf etwas hoch. Ein großer dunkelrosa Tropfen, an dem etwas funkelte. Ganz langsam, wie in Zeitlupe, sah Babette ihn steigen und fallen. Er prallte auf den Sarg, sprang noch einmal in die Höhe, überschlug sich und verschwand dann endgültig in dem rosa Nelkenmeer.

LILIANE SPANDL

Der Kostümball

Viele Jahre waren sie zusammen zum traditionellen Kostümball gegangen. In diesem Jahr sollte es zum ersten Mal anders sein. Martin hatte angekündigt, dass er ausgerechnet zur Hoch-Zeit des Faschings auf Dienstreise wäre.

»Aber du als emanzipierte Frau kannst doch auch allein zum Kostümball gehen«, meinte er gönnerhaft.

Gisela wusste nicht, ob sie das als Kompliment oder Spott auffassen sollte. Immerhin war es eine Überlegung wert. Warum sollte sie nicht verkleidet und maskiert zum Ball gehen und sich ein paar schöne Stunden machen? Außerdem musste sie nicht einmal allein gehen, wenn ihre Freundin Irene mitkam. Irene und ihr Mann Werner hatten auch öfter an dem Kostümball teilgenommen, wobei sich die beiden Paare meistens getrennt hatten und als Damen- beziehungsweise Herrenduo im Gewühl untergetaucht waren.

Kurz entschlossen rief Gisela bei Irene an und fragte sie, ob sie Lust auf ein »Damen-Doppel« beim Kostümball hätte.

»Kommt Martin nicht mit?«, wollte Irene wissen. Gisela ließ ihrem Ärger freien Lauf, froh, sich alles von der Seele reden zu können. »Stell dir vor, ausgerechnet an Fasching ist er auf Geschäftsreise!«

»Das ist ja komisch«, rief Irene überrascht, »Werner ist auch dienstlich unterwegs. – Ja, ich denke, wir sollten uns das nicht entgehen lassen. Weißt du schon, als was du gehen willst?«

Gisela verneinte. Sie hatte sich alle ihre Faschingskostüme

selbst genäht und inzwischen einen ansehnlichen Fundus im Kleiderschrank. Vielleicht sollte sie diesmal einfach ein altes Kostüm herausholen ...

»Wir telefonieren vorher noch mal«, sagte sie und beendete das Gespräch.

Die Tage bis zum Ball vergingen wie im Flug. Martin fragte ein paar Mal, ob sie nun hinginge oder nicht.

»Eher nicht«, erwiderte Gisela und dachte bei sich: »Was interessiert es ihn, wenn er eh nicht mitkommt!«

Am Morgen des Balltags verabschiedete sich Martin, erinnerte sie daran, dass er abends nicht heimkommen würde, und verschwand mit einer Reisetasche in der Hand. Er hatte nicht mehr nach ihrer Teilnahme am Ball gefragt, und sie sagte nichts zu ihren Plänen.

Gisela und Irene hatten verabredet, alte Kostüme tragen. Gisela hatte das der Bauchtänzerin aus dem Schrank geholt, ausgelüftet und gebügelt. Es passte noch immer, obwohl sie ein paar Kilo zugenommen hatte.

»Bauchtänzerinnen dürfen auch ein bisschen Bauch haben«, hatte Irene ihr vor ein paar Jahren gesagt, als sie Gisela in dem Kostüm gesehen und für zu mager gehalten hatte.

Irene war dagegen immer ein wenig rundlich gewesen – ihre Knochen seien besser verpackt, bemerkte sie dazu selbstkritisch. Für den diesjährigen Ball hatte sie ihr Zigeunerinnenkostüm wieder hervorgeholt.

Sie trafen sich am Eingang der Kongresshalle, wo der Ball stattfinden sollte. Es bestand zwar kein Maskenzwang, aber die meisten Ballbesucher trugen zusätzlich zu ihren Kostümen auch Masken, die mehr oder weniger das Gesicht verhüllten.

»Was meinst du – sollen wir die Kostüme tauschen?«, fragte

Gisela spontan. Das bunte Zigeunerinnenkleid hatte ihr schon damals gefallen, als Irene es zum ersten Mal getragen hatte.

»Warum nicht? So haben wir beide doch noch ein neues Kostüm!«

Sie benutzten zwei nebeneinander liegende Toilettenkabinen und reichten sich die ausgetauschten Kleidungsstücke über die Trennwand.

Das Ergebnis gefiel ihnen beide. Sie verabredeten sich für Mitternacht, falls sie sich im Gedränge aus den Augen verlieren sollten.

Es dauerte nicht lange, bis sich Gisela allein an der Bar wiederfand. Sie beschloss zunächst ein Glas Sekt zu trinken und sich dabei ein wenig umzuschauen. Hinter ihrer Maske fühlte sie sich sicher und unbeobachtet. Zum Trinken benutzte sie einen Halm, so dass sie die Maske nicht abnehmen oder anheben musste. Sie verlor sich in Gedanken, bis ein Mann in Piratenkleidung neben ihr Platz nahm. Das Kostüm kam ihr merkwürdig bekannt vor. Natürlich, Werner, Irenes Mann, war auch schon einmal als Pirat gegangen. Nun ja, diese Kostüme, sofern sie nicht selbst geschneidert waren wie ihr eigenes – in diesem Fall aber nicht das Zigeunerinnenkleid –, glichen sich wie ein Ei dem anderen. Von der Größe und Statur her konnte der Pirat durchaus Werner sein. Und zu Irene hatte er gesagt, er sei auf Dienstreise. Dabei hatte er sich allein auf dem Ball amüsieren wollen. Na, den Spaß sollte er haben!

Er sprach nicht, sondern bestellte sich auch ein Glas Sekt, mit dem er ihr zuprostete, bevor er trank. Gisela verhielt sich abwartend.

»Tanzen?«, fragte er, nachdem er sein Glas in kleinen Schlucken geleert hatte, wobei er sie jedes Mal ansah und ihr zunickte. »Warum nicht?«, dachte Gisela. Schließlich war sie doch zum Amüsieren gekommen.

»Gern«, sagte sie laut und rutschte vom Barhocker, bevor er ihr dabei helfen konnte.

Im Tanzsaal war gerade eine Polonaise im Gange, in die sie von der laut mitsingenden Menge hineingezogen und bald darauf voneinander getrennt wurden.

Von weitem glaubte sie Irene in der langen Schlange zu erkennen, aber es war nicht möglich, ihr näher zu kommen. Auch ihren Tänzer entdeckte sie weit entfernt wieder. Sie hatten wohl einen ungünstigen Moment für Paartanz erwischt.

Bei nächster Gelegenheit scherte Gisela aus der Schlange aus und kehrte zur Bar zurück, wo sich auch der Pirat wieder eingefunden hatte.

»Hab ich doch gehofft, du würdest es auch so machen«, murmelte er und hielt ihr ein volles Glas Sekt entgegen. Gisela trank vorsichtig, sie wollte nicht zu schnell einen Schwips bekommen. Hatte er sie erkannt, weil sie duzte, oder tat er das im Fasching mit allen Frauen, die ihm über den Weg liefen?

»Ich mag keine Polonaisen«, erklärte sie. Aus dem Tanzsaal kamen gedämpfte Faschingsmelodien, die Menge grölte mit. Dann löste sich die Polonaise auf, erhitzte Tänzerinnen und Tänzer kamen aus dem Saal und strömten der Bar zu.

»Komm, wir versuchens noch mal mit Tanzen«, forderte der Pirat sie auf und stand diesmal rechtzeitig bereit, um ihr vom Barhocker herunterzuhelfen.

Gisela fühlte sich ein bisschen schwindlig. Das konnte doch nicht von dem bisschen Sekt kommen! Ihr Begleiter hakte sie einfach unter und bahnte sich einen Weg durch die entgegenkommende Menge. Im Saal suchte Gisela aufmerksam nach dem Bauchtänzerinnenkostüm, konnte Irene aber nicht entdecken.

»Suchst du jemand Bestimmtes?«, fragte ihr Begleiter, der ihre Unruhe zu bemerken schien. Er sprach gerade so laut, dass er sich durch die Umgebungsgeräusche verständlich machen konnte, so dass es Gisela schwer fiel, seine Stimme einzuordnen.

»Nein, ich bin allein hier«, behauptete sie kühn. Sie glaubte ein kurzes Aufblitzen in seinen Augen zu erkennen. Nun, wenn er glaubte, sie als Freiwild behandeln zu können, sollte er sich getäuscht sehen!

»So eine schöne Frau, und so allein auf der Welt«, bemerkte er kopfschüttelnd.

»Die Welt ist voll mit schönen alleinstehenden Frauen«, erwiderte sie. Ihr spöttisches Lächeln konnte er unter der Maske natürlich nicht sehen. Allerdings blieb ihr sein Mienenspiel auch ein Rätsel.

Sie wagten sich wieder auf die Tanzfläche. Gisela fühlte sich leicht und beschwingt, aber sie wusste, dass das am Alkohol lag und sie jetzt langsamer trinken musste. Ihr Partner tanzte gut, hielt sie mit sanftem Druck fest und führte sie zuverlässig durch die tanzende Menge. Einmal schwebte Irene an ihnen vorbei. Sie hatte einen stattlichen Tänzer in einem «Phantom-der-Oper«-Kostüm aufgetrieben, das Gisela irgendwie bekannt vorkam. Irene zwinkerte ihr im Vorbeihuschen zu, Gisela hob leicht die Hand und winkte.

Der Pirat schien einen Moment irritiert und sah der Bauchtänzerin nach. Nun ja, Irene sah wirklich gut aus in dem Kostüm. Die Pluderhose mit dem bauchfreien Oberteil, das Ganze mit einem durchsichtigen Schleier kaum verhüllt – fast bedauerte Gisela, sich davon getrennt zu haben.

Nach dem Tanz zog ihr Partner sie wieder zurück zur Bar. Ihm sei ordentlich warm geworden, sagte er, er müsse sich erst einmal abkühlen. Gisela bestellte sich jetzt einen Saft, der Pirat ein großes Glas Wasser. Sie plauderten über die mehr oder weniger originellen Kostüme, die immer wieder an ihnen vorbeihuschten, die Atmosphäre und die Musik, die aus dem großen Saal herausschallte. In der Bar war es nicht so laut, man konnte sich besser unterhalten.

Es dauerte nicht lange, bis die Hand des Piraten auf ihrem Knie lag. Gisela ignorierte sie vorerst.

»Wie heißt du eigentlich?«, fragte sie nur.

»Nenn mich einfach Tapir«, erwiderte er.

Gisela lachte. »Ach, ein Freund von Anagrammen? – Ich heiße übrigens Amor!«

»Auch ein Anagramm«, vermutete er.

Sie vertrieben sich eine Weile die Zeit mit der Bildung von Anagrammen zu allen Wörtern, die ihnen einfielen.

»Ich habe mich lange nicht mehr so geistreich unterhalten«, gestand er schließlich. Gisela bemerkte, dass er unruhig war und sich von Zeit zu Zeit umsah, als suche er jemanden. Entweder war er nicht allein gekommen, oder er hatte jemanden entdeckt, von dem er wiederum nicht gesehen werden wollte.

»Vielleicht solltest du es zu Hause mal mit deiner Frau versuchen«, stichelte sie.

Er sah sie hinter seiner Maske mit blitzenden Augen an. »Ich möchte mich jetzt nicht über meine Frau unterhalten«, bemerkte er. »Und übrigens auch nicht über deinen Mann, sofern du einen hast!«

»Na gut, nehmen wir mal an, ich hätte keinen«, behauptete sie kühn.

»Dann lass uns noch etwas anderes mit diesem angebrochenen Abend anfangen«, bat er, nahm seine Hand von ihrem Knie und zog sie vom Barhocker.

»Okay, aber noch einen Tanz vorher«, bestimmte sie. Sie tanzten einen langsamen Walzer im halb verdunkelten großen Saal. Langsam schob Tapir sie zum Rand der Tanzfläche, wo es einige Notausgänge gab. Dort öffnete er eine der Türen, schlüpfte hinaus und zog Gisela hinter sich her. Sie befanden sich in einem dunklen Treppenhaus, und Tapir kam gleich zur Sache. Er zog sie an sich, schob ihre beiden Masken hoch und küsste sie so heftig, dass ihr fast der Atem wegblieb. Leicht benommen vom Sekt und der eigenartigen Atmosphäre genoss sie die Erregung, die langsam von ihr Besitz ergriff, während seine Hände ihren Körper abzutasten begannen. Als er jedoch versuchte, ihren Rock hochzuschieben, wurde ihr das Spiel zu derb. Ein Faschingsflirt – schön und gut. Aber mehr? Und mit dem Mann ihrer besten Freundin? – Das würde Ärger nach sich ziehen. Sie riss sich los und gab ihm eine schallende Ohrfeige. Dann lief sie zurück in den Saal und mischte sich unter die Menge.

Wenn das Irene wüsste!. Das war also Werners Geschäftsreise!

Ein Blick zur Uhr sagte ihr, dass es Zeit war, sich mit Irene zu treffen. Sie suchte sie im ganzen Saal, konnte aber weder Irene noch den Piraten sehen. Langsam schlenderte sie zur Garderobe.

Dort stand Irene und schien schon auf sie zu warten. Sie beschlossen, die Kostüme nicht mehr zu tauschen, sondern ließen sich ihre Mäntel geben und zogen sie darüber. Vor dem Eingang wurden sie erwartet – von ihren beiden Ehemännern.

»Ich bin doch früher zurückgekommen«, sagte Werner.

»Und meine Geschäftsreise wurde kurzfristig abgesagt«, fügte Martin hinzu. »Deshalb waren wir jetzt doch noch auf dem Ball. – Habt ihr euch gut amüsiert?«

»Ach – es ist immer dasselbe«, bemerkte Gisela. »Immer gibt es irgendwelche Typen, die glauben, eine Frau allein auf einem Maskenball sucht ein billiges Abenteuer!«

»Und es gibt immer wieder Frauen, die einen Mann glauben lassen, dass sie ein billiges Abenteuer suchen, und ihn dann abblitzen lassen«, sagte Martin.

»Als was wart ihr denn verkleidet?«, fragte Irene neugierig.

»Och – nichts Außergewöhnliches«, bemerkte Werner. »Ihr könnt euch doch noch an mein Piratenkostüm erinnern?«

»Und an mein ›Phantom-der-Oper‹-Kostüm?«, fügte Martin hinzu.

»Und ob!«, riefen Gisela und Irene wie aus einem Mund.

»Ja – aber wir hatten die Kostüme getauscht«, fuhr Werner fort. »Damit hattet ihr nicht gerechnet, was?«

Gisela und Irene sahen sich an und begannen zu lachen. Die beiden Männer verstanden nichts mehr. Die Frauen dafür umso mehr. Und als sie aus dem Schatten des Hauses in das Licht einer Laterne traten, konnte Gisela noch gut die roten Striemen auf Martins linker Wange erkennen, die er neben anderen Zufällen der Tatsache zu verdanken hatte, dass auch eine Zigeunerin und eine Bauchtänzerin ihre Kostüme getauscht hatten.

Traumurlaub

Meinen Urlaub verbringe ich am liebsten allein in einem Haus auf dem Land, mit großem Garten, der zum Ausspannen und Faulenzen einlädt. Der Kühlschrank ist mit allen erdenklichen Delikatessen gefüllt, das Frühstücksbüffet ausgezeichnet und so reichlich, dass ich auf das Mittagessen verzichten kann. Nachmittags versorge ich mich mit Kaffee und Kuchen, abends gibt es leckere Salate, Fladenbrot, Käse und Oliven, dazu griechischen Wein.

Mein Nachttisch ist vollgepackt mit Lektüre, vorwiegend Krimis, die ich nach Lust und Laune lesen kann, ohne dass mich jemand deswegen schief ansieht, weil Krimis in den Augen vieler Mitmenschen noch immer als »Trivialliteratur« gelten. Dabei spiegeln die meisten Krimis den Zustand der Gesellschaft wider. Reines Schwarz-Weiß-Denken ist in guten Krimis kaum zu finden. Es gibt eine vielschichtige Story mit mehreren Erzählebenen oder Fäden, die zuerst kunstvoll verknüpft und später ebenso kunstvoll wieder entwirrt werden.

Im Fernsehen sehe ich mir ebenfalls Krimis an, zwischendurch aber auch Reiseberichte, Tierfilme oder politische Magazine – man möchte ja auch im Urlaub möglichst gut informiert bleiben. Ich gebe zu, dass ich manchmal dabei einschlafe.

Wenn ich keine Lust habe, im Liegestuhl zu faulenzen, gehe ich spazieren oder fahre mit dem Fahrrad in die Umgebung. Niemand erwartet von mir, zu einer bestimmten Uhrzeit eine Mahlzeit auf den Tisch zu bringen und danach das Geschirr abzuwaschen. Meine Schmutzwäsche werfe ich in einen dafür vorgesehen Behälter; waschen während meines Urlaubs muss nicht sein.

Und natürlich kann ich zu jeder Tages- und Nachtzeit den Computer nutzen. Ich surfe im Internet, schreibe E-Mails an meine Bekannten, wozu ich im normalen Leben nicht so oft komme, probiere überhaupt in dieser Zeit sehr viel Neues am Computer aus: Übung macht schließlich den Meister oder auch die Meisterin.

Heute genieße ich den letzten Tag meines jüngsten Urlaubs: Morgen kommt mein Mann von seiner Geschäftsreise zurück.

Der achtzigste Geburtstag

ODER

No dinner for No One

Die ersten Gratulanten empfing Alma im Morgenrock. Sie schlurfte durch die Küche, wo sie sich gerade Kaffeewasser aufgesetzt hatte, als ihre Schwiegertochter Annette den Kopf durch die Tür steckte und die Besucher meldete.

»So vielbeschäftigte Leute kann ich nicht abweisen, die kommen sonst womöglich kein zweites Mal!«

»Aber ich dachte, die kommen alle erst am Nachmittag«, wunderte sich Alma.

Bevor Annette den Bürgermeister und den Sparkassendirektor bitten konnte, sich noch einen Moment zu gedulden, kamen sie hinter ihr in die Küche spaziert.

Wenn es Alma peinlich war, ließ sie sich jedoch nichts anmerken. Würdevoll wie eine Fürstin reichte sie den beiden Herren die Hand und empfing deren Gratulationen und jeweils eine Urkunde.

Danach gaben sie sich die Klinke in die Hand: der Pfarrer der Kirchengemeinde, der Männergesangverein »Frohsinn«, bei dem Almas verstorbener Mann viele Jahre mitgesungen hatte, mit einem Ständchen, Vertreter des Seniorentreffs, dem sie selbst seit Jahren angehörte, der Seniorengymnastik des Turn- und Sportvereins, der Frauenhilfe sowie die Seniorenbeauftragte der Gemeinde und schließlich die Reporter von Lokal- und Regionalpresse.

Letztere scheuten sich nicht, Alma im Morgenrock zu fotografieren – es würde ein Brustbild werden, versicherten sie. Dabei hatte sie sich an diesem Morgen noch nicht einmal gewaschen und gekämmt, das hatte sie alles tun wollen, während das Kaffeewasser vor sich hin kochte.

Seit Tagen hatte Alma Kuchen gebacken, das Haus und die Fenster geputzt, die Gardinen gewaschen, gebügelt und mit Hilfe ihrer Schwiegertochter ab- und wieder aufgehängt. Das Wohnzimmer war auf Hochglanz poliert, die Kissen neu bezogen, frische Tischdecken lagen auf Wohnzimmer- und Esszimmertisch. Und nun spielte sich alles in ihrer kleinen, bescheidenen Küche ab, die überhaupt nicht auf den Andrang der Besucher eingestellt war.

Die Einladung, doch ins Wohnzimmer zu wechseln, lehnten diese mit dem Hinweis ab, dass sie nicht lange bleiben würden.

Alma erwachte, als es laut und energisch an ihrer Schlafzimmertür klopfte. Annette hatte ihr versprochen, sie zu wecken, falls sie verschlafen sollte. Sie setzte sich, so rasch es ging, im Bett auf und sah sich um: Sie war tatsächlich noch im Nachthemd und hatte bis soeben geschlafen.

»Ich komme!«, rief sie, streckte die Beine aus dem Bett und angelte nach ihren Pantoffeln, die sie ordentlich davor hingestellt hatte.

Eine halbe Stunde später war sie reisefertig.

Schon viele Jahre hatte sie sich eine Schifffahrt gewünscht, die sollte nun an ihrem achtzigsten Geburtstag stattfinden. Ihr Sohn und die Schwiegertochter hatten den Ausflug für sie organisiert und würden sie begleiten. Der Tag sollte mit einem Essen abends in einem netten Restaurant beendet werden. Nur die Tochter und insgesamt vier Enkelkinder würden noch dazukommen.

Auf Almas Wunsch hatte Annette die weitere Verwandt-schaft, Freunde, Bekannte und Nachbarn auf eine spätere Nachfeier vertröstet. Der achtzigste Geburtstag würde ohne Öffentlichkeit stattfinden.

BRIGITTE STECKEL-QUÄL

Spaziergang im Zoo: Am annern Affekäfisch

Vorbei an de Zebras, de Bärn un Giraffe
ziehts die meiste Leit zuerst zu de Affe.
Denn bei denne Viescher, ob klaa odder groß,
do herrscht immer Hektik, is immer was los.
Es gibt grimmische Alte, die gucke rescht bees,
un zittrische Klaane, die sinn ganz nervees.
Die ängstlische Type, die hocke am Rand,
un die Dickste fresse am laufende Band.
Widder annere sause die Käfische nuff,
un die Bleedste reiße die Mailer weit uff.
Mer merkt, wann mer uffbasst, wie die sich entfalte,
dass se sisch erstaunlich menschlich verhalte ...

Angelas Geburtstag

Gegen 16.00 Uhr ist die Kuchenschlacht geschlagen. Während des Kaffeetrinkens hat Angela sich noch immer über die vielen schönen Geschenke gefreut, die ihre kleinen Gäste zur Feier ihres 10. Geburtstages mitgebracht haben. Süßigkeiten, Bücher und Computerspiele hat sie bekommen und einen wunderschönen, hellblauen Jeansanzug von Mama; den findet sie besonders toll.

Nun soll im großen Garten gespielt werden — aber es regnet in Strömen.

»Dann gehen wir eben in mein Zimmer und machen dort irgendwas«, schlägt Angela vor.

Also trottet die kleine Schar in eines der Kinderzimmer, in dem sich auch eine Menge Spiele befinden. Sie holen das Monopoly aus dem Schrank, dann das Halma, dann das Schachspiel, einige Kartenspiele — letztendlich finden sie alles ziemlich langweilig. Und dann kommt Kai, ein Schulfreund von Angela, auf die Idee: »Wir spielen Politik!«

Alle schauen ihn mit großen Augen an. Erwartungsvoll. »Also«, sagt er, »zuerst müssen wir die Regierung bilden.«

»Toll«, Angela hüpft vor Freude, »ich bin Angela Merkel!«

»Wieso du? — Hast du überhaupt einen roten Blazer?«, fragt Isabell, »ich bin Angela Merkel; ich bin größer als du und fast ein Jahr älter.«

Angela schüttelt den Kopf. »Weil ich auch Angela heiße, und außerdem habe ich Geburtstag, da darf ich mir das wünschen.«

Angelas großer Bruder mischt sich ein: »Angela ist die Bundeskanzlerin«, bestimmt er, »und du, Isabell, kannst ja die Gesundheitsministerin Ulla Schmidt übernehmen.«

Isabell brummt etwas wie: »Ausgerechnet diese blöde Kuh mit ihrer bescheuerten Aussprache ...«, fügt sich aber dann doch. Jörg ist immerhin schon fast zwölf und hat so etwas wie Autorität.

»Dann bin ich Ursula von der Leier«, meldet sich Gisela zu Wort. Gisi ist ebenfalls zehn.

»Die heißt ›von der Leine‹«, verbessert Tommi, ebenfalls zehn Jahre alt, »und die ist Kinderministerin, die hat siebzehn oder noch mehr davon.«

»Die heißt ›von der Leyen‹, und sie ist Familienministerin, und sie hat sieben Kinder, soviel ich weiß«, stellt Jörg richtig.

»Das glaub ich nicht«, ereifert sich Tommi, »sie kümmert sich immer nur um Kinder. Wenn sie Familienministerin wäre, würde sie sich auch um die Alten kümmern, darüber habe ich von ihr noch nie ein Wort gehört.«

Kurtchen, ebenfalls zehn, schaltet sich in das Gespräch mit ein: »Aber etwas Tolles hat sie gemacht. Wir Kinder bekommen jetzt Elterngeld für unsere Eltern, mindestens zwölf Jahre lang ...«

»Ihr bringt wirklich alles durcheinander«, tadelt Jörg, »Kinder bekommen kein Elterngeld für ihre Eltern, die Eltern bekommen das, wenn sie ihren Beruf unterbrechen. Und nicht zwölf Jahre lang, sondern für zwölf bis vierzehn Monate. Und außerdem ist das noch gar nicht klar.«

»Der muss immer alles besser wissen«, brummelt Tommi.

Günther hat die ganze Zeit schweigend zugehört. »Nun verteilt doch endlich die restlichen Posten!«, ruft er erbost, »ich jedenfalls bin Günther Hering.«

»Einen Günther Hering gibt es in der deutschen Regierung

überhaupt nicht« wendet Jörg ein.

»Sehr wohl gibt es ihn«, schreit Günther, »und er ist der einzige, der Angela Merkel treten darf.«

Jörg lacht. »Ach so, du meinst Müntefering. Und der darf die Merkel nicht treten, sondern vertreten.«

»Von mir aus auch so«, motzt Günther, »aber jedenfalls bin ich der!«

»Gut«, stimmt Jörg zu, «aber wen brauchen wir sonst noch?«

»Schäuble«, sagt Gisi, »der ist Innenminister«.

Mylena, gerade acht geworden, freut sich offenbar diebisch. »Ach, der heißt so wie das, was wir in Bayern immer essen: Schäuble mit Sauerkraut. — Und: wenn der innen Minister ist, was ist er denn außen?«

Jörg tippt sich an die Stirn. »Das heißt Schäufele mit Sauerkraut. Und Schäuble ist Innenminister, also Minister des Inneren, also für das Inland zuständig.«

Angela mischt sich ein. »Aber das Inland, das sind wir doch alle, dafür müssen doch alle aus der deutschen Politik zuständig sein ...«

Jörg wehrt ab. »Wir müssen erst noch die restlichen Posten besetzen, dann können wir diskutieren. Sonst gibt es Abendessen, und wir haben noch nicht einmal regiert.«

»Richtig«, sagt Kai, da ist ja dann noch die Stelle des Bundespräsidenten offen; den mache ich.«

»Den finde ich nicht so interessant, der muss ja immer nur gelehrte Reden halten und topp angezogen sein, und sonst darf der gar nichts«, meint Isabell.

Kai grinst: »Das lohnt sich schon wegen der vielen schönen Reisen, die er macht. Das ist doch fast, als ob unsereiner andauernd in Urlaub fährt und alles bezahlt bekommt.«

Jörg wirft ihm einen vielsagenden Blick zu: »Und dann brauchen wir noch den Schäuble, den Steinmeier, den Steinbrück«, stellt Jörg fest, »wir haben aber nicht mehr genug Männer.«

»Den Schäuble kann doch der Klausi machen, der wird in den Sportkinderwagen gesetzt und hat sich ab sofort ruhig zu verhalten«, sagt Gisi.

Das gefällt Klausi offenbar gar nicht. »Ich will nicht in den Kinderwagen«, brüllt er.

»Das ist kein Kinderwagen, das ist jetzt ein Rollstuhl«, erklärt Gisi nachsichtig, »der Schäuble kann doch nicht laufen«.

Klausi ist viereinhalb; nach einiger Diskussion lässt er sich überreden und steigt in den Sportwagen. Allerdings nur für kurze Zeit, dann versucht er, wieder herauszuklettern.

»Bleib sitzen, du kannst nicht laufen!«, ruft Isabell.

»Ich muss aber zur Toilette!«, schreit Klausi.

»Dann müssen wir dich eben tragen«, sagt Isabell, »Spiel ist Spiel!«

Als Klausi gerade wieder in seinen Sportwagen verfrachtet ist, klopft es an der Tür, und Mami streckt den Kopf herein.

»Raus, raus!«, schreit die ganze Bande, »hier ist eine geheime Sitzung der Regierung.«

Mami ist zunächst etwas erschrocken, dann öffnet sie nochmals kurz die Tür und sagt: »Ach so, ja dann muss ich die Eisbecher wieder mitnehmen.«

Im Zimmer wird kurz getuschelt. Dann wird die Tür weit geöffnet, und Mami darf eintreten. Sie ist nicht wirklich überrascht.

»Du bist die Kantinenfrau des Bundestages, deshalb hast du Zutritt«, verkündet Angela.

Nachdem die wunderbaren Eiskreationen vertilgt sind, ruft

Jörg den ersten Punkt der Tagesordnung auf: »Erhöhung des Taschengeldes«.

Klar, dass alle dafür sind; nur über die festzulegende Höhe gibt es noch Diskussionen, lang anhaltend. Die Kleineren wollen unbedingt bis zu hundert Euro im Monat; Jörg ist der Meinung, dass die Kirche im Dorf bleiben muss.

Dann klopft es wieder an die Tür. Die »Kantinenfrau des Bundestages« bittet zum Abendessen. Es gibt Pommes in jeder Ausführung, Bratwürstchen und kleine Schnitzel.

Und weil das Geburtstagskind und seine Gäste einen Riesenhunger haben, wird die Abstimmung über die Höhe des Taschengeldes bis auf weiteres vertagt ...

Der Reisevogel

Eine kleine weise Meise
macht einst eine Bildungsreise
in die Schweiz.
Für sie haben diese leisen
Berge, die zum Himmel weisen,
ihren Reiz.
Sie genießt auch feine Speisen,
oft nur kalte, auch die heißen
andrerseits,
und stellt fest auf diese Weise:
Überall nur satte Preise.
So beendet sie die Reise,
teils aus Heimweh, teils aus Geiz ...

De Liebesdienst

Neilisch am Strand, es Wetter wor schee,
do seh isch de Albert am Wasser steh,
un der sieht misch oo un kimmt uff misch zu
un saacht: du kannst emool was fer misch du.
Dass isch ganz allaa bin, des waaßte jo längst
un kannst der vorstelle, wie rum de do hängst,
un im Summer am Strand, weil sisch do kaaner kimmert,
do hott sisch moi Einsamkeit aa noch verschlimmert.
Un desweje freeg isch disch, fresch wie die meiste:
Kannste mer net mol en Liebesdienst leiste?
Do werd ihr versteh, des wor fer misch en Schreck.
Awwer, was solls — moin Mann wor weit weg.
Also sag isch zum Albert: Iss des wärklisch doin Wille,
ei so will isch doin Wunsch der sehr gern erfille.
Do nimmt der moi Hand un dut sisch bemieje,
mich in Richtung Umkleide zärtlich zu zieje.
Dann macht er die Deer uff un dann seegt der Dolle,
isch sollt grad mol warte, er misst noch was holle.
Un dann hot er wirrer sisch mir zugewandt
un hatt so e Päcksche in soine Hand.
Des reischt er mir riwwer un isch bin perplex.
Des brauch doch net isch, des braucht *der* doch beim Sex.
Doch kam die Enttäuschung fer misch uff der Stell.
Er sacht: Do iss des Päcksche, des nimmste jetz schnell,
des packste jetz aus un dann geht's zur Sache.
Un do häbb ischs genumme — was sollt isch dann mache?
Im Babier wor e Fläschje — isch kanns net beschreiwe:
Mit dem Sunneöl sollt isch soin Rücke oireiwe ...

De Vergleisch

Es Kallsche is kärzlisch morjens frieh mit de Bahn
mit em Oba zu soim Unkel Edwin gefahrn.
Der Klaa wor ganz glicklisch, weil, do geht er gern hie,
dann de Edwin is Bauer un hot massehaft Vieh.
Es Kallsche is glei in de Stall noigesprunge
un wor stunnelang drin, dann die Sau, die hatt Junge.
Acht niedlische Ferkel, jedes waaß, was es braucht,
un so häwwe se all an de Mutter gesaucht.
Un konnt wärklisch mol aans so kaa Zitzje erwische,
do hot des sofort wie am Spieß laut gekrische.
Mit großem Intresse saß des Kallsche jetz dort;
es hot alles beowacht un wollt gor net meh fort.
Es hielt sisch dort uff, bis de Oba dann kam,
un erschd owends um acht worn se wirrer dehaam.
So aans, zwaa Dag später, damit er net wild werd,
durft des Kallsche mol seh, wie soi Schwester gestillt werd.
Un er seegt zu de Mamma, kaa klaa bissje taktisch:
»Des do vorne bei dir, des is gor net so praktisch«.
Die Mamma blickt fraachend, do dut er erläutern:
»Wannste acht Junge hättst, kämste ganz schee ins Schleudern ...«

Das Kälbchen

Am Abend im Stall bei dem älteren Bauern
da sieht man eine Touristin lauern,
die hinter der Kuh ganz leise und still
die Geburt eines Kälbchens beobachten will.
Mit Bauer und Tierarzt sitzt sie dort seit Stunden,
doch es hat die Geburt bisher nicht stattgefunden.
»Ich kann das verstehn«, sagt da plötzlich der Bauer,
»eine Kuh, die erforscht die Umgebung genauer.
Und bei Ihrem Anblick gerät sie ins Schwitzen;
sie blickt streng zurück und sieht Sie da sitzen,
die Haare geölt und die Nase gesalbt –
da denkt doch die Kuh, sie hätt' schon gekalbt ...«

Der Geburtstagskaffee

In der Küche steht die Mutter,
sucht verzweifelt nach der Butter,
denn sie möchte Kuchen backen
und muss auch noch Nüsse hacken.
Nachmittags zur Kaffeestunde
kommt dann ihre Kegel-Runde,
und vielleicht schaut auch noch 'rein
Tanzclub und Gesangverein.
Hektisch wird die Mutter nun;
Vieles hat sie noch zu tun,
bis die Gäste mittags kommen.
Und sie hat sich vorgenommen,
alle fröhlich zu erwarten
am gedeckten Tisch im Garten.
Und so backt sie unaufhörlich,
doch das Backen ist beschwerlich,
weil — und das ist schier zum Flennen
alle Kuchen fast verbrennen.
Zügig geht die Zeit vorbei,
und es ist schon kurz nach Drei.
Noch steht Mutter in der Küche.
Ihr entgleiten grobe Flüche,
heiß wird ihr und wieder kalt,
denn die Gäste kommen bald.
Doch sie sollte sich nicht grämen —
sie muss etwas unternehmen.
Und so denkt sie in der Not:
Dann gibt's eben Schinkenbrot ...!

Gewitter am Gardasee

Italien ist ein wunderschönes Land, und der Gardasee ist einer der schönsten Seen im Süden. Im Sommer scheint dort die Sonne von morgens bis abends von einem strahlendblauen Himmel. — Normalerweise! Als die Reisegruppe aus Deutschland spätnachmittags in der kleinen Pension am Ufer des Sees ankam, war der Himmel mit schwarzen Wolken bedeckt und ein heftiges Gewitter aufgezogen. Rosetta, die Wirtin, begrüßte die etwas erschrockenen Neuankömmlinge mit fröhlichem Lächeln: »Domani Sole!, also: Morgen Sonne!«, sagte sie. Sie sagte es auch noch an den vier kommenden Abenden, doch auch an den folgenden Tagen ließ sich die Sonne nicht blicken.

Anfangs war die Stimmung der Gäste schon etwas getrübt, aber irgendwann hatten sie die Idee, man könne sich auch innerhalb der Pension mit Rate-Spielen, Gymnastik, Singen, Tanzen, Klavierspielen und Erzählen die Zeit vertreiben. Und so traf man sich im Aufenthaltsraum, spielte, aß und trank dort und amüsierte sich köstlich. Aus den Gästen waren inzwischen Freunde geworden.

Am fünften Abend, kurz bevor alle schon ins Bett gehen wollten, trat Rosetta auf den Plan und verkündete: »Domani Sole!, hundertprozentisch!« — Und diesmal hatte sie recht. In aller Hergottsfrühe jubelte sie: »Ich habe schon die Liegestühle in den Garten bringen lassen, damit Sie das schöne Wetter draußen genießen können.«

Da stand Ottokar aus Ober-Ramstadt auf. Er schwankte ein bisschen, denn er war Diabetiker und als solcher trank er jeden Morgen nüchtern einen klaren Schnaps, vorzugsweise Topinambur. An diesem Morgen hatte er offensichtlich mindestens zwei davon getrunken. Jedenfalls ging er auf Rosetta zu, legte seinen Arm um sie und sagte: »Liebste Risotto, bei dir hier drin isses wunnerschee. Mir verstehe uns all super. Mir kenne hier speele, singe, danze, verzehle, hervorragend esse un trinke, un mir wern vunn dir un doine zwaa schnuggelische Döschder liebevoll bedient.

Was wolle mir dann do, do drauß in dere Hitz?«

Sofias Reise-Erzählungen

Sofia ist sieben. Sie ist ein reizendes und intelligentes Mädchen mit lustigen Augen und fröhlichem Lachen; und sie ist besonders tierlieb.

Wir haben uns wieder einmal in Sinans Eis-Café getroffen und uns über das Thema unterhalten, das die »Schreibwerkstatt« in der Chor-Lesung im September behandeln wird: »Musikalische Weltenbummelei«.

»Dazu könnte ich dir auch was erzählen«, bemerkt Sofia, und schon legt sie los:

»Also ich bin ja mit meinen Eltern auch schon viel gereist«, erzählt sie, »wir waren schon in England und haben auch die Queen gesehen und ihre süßen Corgies — aber streicheln durfte ich die nicht.

In Schottland waren wir auch, am Loch Ness, aber den Naturgeist NESSIE haben wir leider nicht getroffen. Deshalb werde ich später nochmal hinfahren.

In Italien am Gardasee hat es mir auch sehr gut gefallen. Dort habe ich am liebsten auf der Seepromenade Enten und Schwäne gefüttert; die haben mich schnell gekannt und kamen schon ans Ufer, wenn sie mich von Weitem gesehen haben.

Bei Kurzurlauben in Finnland und Schweden haben wir Elche und Rentiere leider nur aus der Ferne gesehen, und in der Schweiz konnten wir die Bergziegen und Gämsen nur mit dem Fernglas beobachten; sie sind halt sehr scheu. Aber die Kühe und Kälbchen auf den Weiden konnte ich streicheln, das war sehr schön.

Später werde ich auf jeden Fall noch die Eisbären am Nordpol oder Südpol besuchen und die Krokodile und Löwen und

Tiger in Südamerika und in Afrika. Und ich freue mich auch schon auf die Kängurus in Australien, wo wir demnächst hinfahren und einen Freund von Papa besuchen.

Den für nächstes Jahr geplanten Spanien-Urlaub haben meine Eltern abgesagt, weil ich dort nicht hinfahren wollte — weil es da diese fürchterlichen Stierkämpfe gibt. Wenn ich älter bin und mich im Tierschutz engagiert habe, werde ich dafür sorgen, dass die Stierkämpfe grundsätzlich verboten werden. Hundertprozentig!!!

Letztes Jahr haben wir übrigens in Deutschland Urlaub gemacht; wir waren zwei Wochen auf der Insel Sylt. Es war wunderschön, am Strand die Möwen zu füttern und die kleinen Robben zu bestaunen, die manchmal im seichten Wasser aufgetaucht sind. Das hat sehr viel Spaß gemacht und ich habe immer gedacht, dass es auch in Deutschland sehr schön ist; also werde ich zukünftig auch da oft Urlaub machen.

Aber zunächst habe ich noch etwas anderes vor: Ich möchte unbedingt reisen, um das EINHORN zu finden, von dem bisher niemand weiß, wo es lebt. Erwachsene meinen ja, dieses Wesen gäbe es gar nicht wirklich, sondern nur in der Fantasie von Kindern. Ich weiß aber, dass es das Einhorn wirklich gibt. Es hat ein weiches Fell mit kurzen weißen Haaren, und es hat natürlich ein weißes Horn mitten auf der Stirn. Es hat wunderschöne blaue Augen und einen seidigen, langen Schwanz. Es wiehert nicht wie andere Pferde, sondern es kann sprechen und zwar in jeder Sprache, in der es angesprochen wird. Es ist liebevoll, verständnisvoll und hilfsbereit und es kann denken wie ein Mensch. — Es wird nicht einfach sein, es zu finden, aber ich werde es finden!«

Sie redet ohne Punkt und Komma. Einmal kann ich sie doch kurz unterbrechen und frage: »Sag' mal, Sofia, hattest du nicht kürzlich davon gesprochen, dass du später zum Mond fliegen wirst?«

Sie lacht herzlich. »Das ist keineswegs vergessen. Natürlich fliege ich zum Mond: Ich muss doch dieses Mondkälbchen besuchen. Aber das mache ich erst, wenn ich das Einhorn gefunden habe.«

Sie holt kurz Luft und fragt dann: »Weil das ja am 17.09. Euer Thema ist und ich schon so viel gereist bin und jede Menge zu erzählen hätte — könnte ich da nicht bei euch mitmachen?«

Ich sage: »Das ist leider nicht möglich, weil unser Programm schon steht und nicht mehr verändert werden kann.«

Aber ich denke: »Interessant wäre das auf jeden Fall, aber wenn wir sie wirklich bitten würden, ein kleines Erlebnis vorzutragen, würde sie bestimmt innerhalb der nächsten zwei Stunden nicht mehr aufhören zu reden ...«

Irene Thomae

Der erste Urlaubstag

Nachdem mein lieber Mann seinem Unmut über seine beratungsresistente Frau (mich!) freien Lauf gelassen hat, packen wir den großen Koffer um. Zugegeben: Er ist zu prall und zu schwer. Ich nehme die Reiseapotheke, ein paar Bücher und den dicken Ordner mit dem Französich-Lernprogramm in meinen Rucksack. Trotz der Umpackerei werden wir rechtzeitig reisefertig. Ich werfe einen Abschiedsblick auf unsere beiden Katzen, ermahne sie, die freundlichen Nachbarn, die sich um sie kümmern werden, nicht zu ärgern, und dann ist auch schon unser Flughafentaxi zur Stelle. – Es ist kurz vor drei Uhr morgens.

Angesichts der Gewitterstimmung zwischen Uwe und mir herrscht während der Fahrt Schweigen. Der Taxifahrer liefert uns in Frankfurt ab; wir bedanken uns und machen uns mit dem Gepäck auf den Weg zum Schalter. Der große Koffer wackelt auf defekten Rollen wie ein Lämmerschwanz. Das trägt nicht unbedingt dazu bei, unsere Stimmung aufzuhellen.

Das ticketlose Einchecken, die Bodyscanner-Prozedur und die automatische Passkontrolle laufen problemlos. Dann wandern wir durch endlose Gänge zu einem tristen Gate, das offenbar nur selten benutzt wird. Wir mampfen unser mitgebrachtes Frühstücksbrot und warten geduldig aufs Boarding. Als wir endlich in den sehr vollen Zubringer-Bus steigen, machen zwei junge Männer Platz für uns. – Sehen wir wirklich schon so alt aus?! – Ich setze mich; Uwe überlässt den angebotenen Platz einer anderen Frau.

Das Flugzeug scheint nur zu drei Vierteln ausgebucht. Ich freue mich schon darauf, auf den Fensterplatz zu wechseln. Die geplante Abflugzeit verstreicht. Dann stellt sich heraus, dass wir auf Zusteiger gewartet haben. Ein dunkelhaariger junger Mann quetscht sich, Entschuldigungen murmelnd, an uns vorbei auf den Fensterplatz. Mit schwarzen Jeans, schwarzer Lederjacke und dunklem Teint wirkt er recht orientalisch, sieht müde aus und ist schweigsam. – Wir auch.

Um 6.05 starten wir. Weil ich genug davon habe und weil ich es allmählich langweilig finde, vor mich hin zu schweigen, fange ich ein wenig Small Talk mit meinem Sitznachbarn an. Allmählich ergibt sich eine Unterhaltung, an der sich auch mein lieber Uwe beteiligt. Bald wird ein lebhaftes Gespräch daraus. Der junge Mann erklärt uns, er sei stolz darauf, in Deutschland geboren zu sein. Er bezeichnet sich als überzeugten Hessen und freut sich sehr, als ich ihm sage, das würde man ihm anhören.

Wir erfahren, dass er vier Wochen Urlaub bei seinen Eltern in Marokko gemacht hatte. Zurück in Deutschland bekam er nach zehn Arbeitstagen die Nachricht vom plötzlichen Tod seines 70-jährigen Vaters. Die Mutter: völlig aufgelöst. Der Chef: ziemlich sauer. Die Geschwister: im Ausland, aber inzwischen im Anflug. Und er: Er müsse sich jetzt um die Beerdigung kümmern, alles regeln und anschließend die Mutter nach Deutschland holen. Auf seinem Handy sehe ich einen alten, sonnenverbrannten, sehr dürren Mann im braunen Kaftan. Neben ihm blinzelt eine winzige Frau in einem langen, hellen Gewand unter ihrem tiefgezogenen Kopftuch in die Sonne.

Nachdem unser Mitreisender sein Herz erleichtert hat, kommen wir auch auf andere Themen. Bis zur Landung haben die beiden Männer sogar die deutsche Politik verhackstückt und diverse Politiker in die Wüste geschickt.

Der »marokkanische Hesse« hilft uns, das Einreiseformular auszufüllen. Vor der Landung bietet er uns Kaugummi an, um den Druck auf den Ohren zu mindern. Uwe hat leider das Pech, beim Gummikauen eine Krone zu verlieren.

Gegen neun Uhr Ortszeit – also nach rund vier Stunden Flug – landen wir in Agadir. Wir wünschen uns beim Abschied gegenseitig alles Gute. Der Flughafen ist sehr übersichtlich. Nach dem Gang über das Flugfeld reihen wir uns in eine lange Schlange ein und lassen uns geduldig vom Kontrolleur in Augenschein nehmen. Das Gepäck ist bald vom Band gewuchtet, die Euros schnell in Dirham gewechselt und die Dame vom Reiseveranstalter gleich entdeckt. Sie informiert uns, dass wir mit dem Kleintransporter Nr. 20 ins Hotel gebracht würden und rät, vorher noch auf die Toilette zu gehen. Die Fahrt sei lang.

Uwe schiebt den Wagen mit unserem Gepäck, wehrt einen blau uniformierten Gepäckträger ab, lässt sich dann aber von einem kleinen Alten in khakifarbenem Arbeitszeug den Wagen abnehmen. Wir denken, der Alte würde zu unserem Kleinbus gehören, aber nein! Der energische Opa ist sozusagen die freiberufliche Konkurrenz zu den offiziellen Gepäckträgern. Seine Cleverness verdient ein Trinkgeld.

Die Fahrt mit dem Kleinbus – wir sind die einzigen Passagiere – dauert wirklich lang. Der Fahrer versucht hin und wieder ein Schwätzchen, aber aufgrund unserer Müdigkeit und wegen der mühsamen Sprachverständigung wird nicht viel daraus. Es geht durch die touristisch geprägten Ausläufer und das Industriege-

biet von Agadir nach Norden. Vorbei an ausgetrockneten Fluss-
läufen und verbrannten Berghängen erreichen wir über
Smimou die Küstenstraße. Unterwegs machen wir an einer
Tankstelle Pause. Der Fahrer raucht und trinkt Kaffee; wir essen
ein Schokoladeneis am Stiel. Dabei bricht Uwe sich ein Stück
des ohnehin schon lädierten Zahnes ab. Mit der bedrückenden
Vorstellung, sich einem marokkanischen Zahnarzt ausliefern zu
müssen, treten wir die Weiterfahrt an.

Bei Sidi Kaouki geht es wieder in die Berge. Mehrfach sehen
wir Gruppen von Kamelen, die – wie Schafe und Ziegen – auf
den trockenen Hängen nach Futter suchen und die wenigen
Sträucher beknabbern.

Nach rund viereinhalb Stunden erreichen wir gegen halb
zwei unser Hotel in Essaouira. Der Fahrer bekommt ein – hoffentlich angemessenes – Trinkgeld. In der prächtigen Lobby des
Hotels riecht es nach Reinigungsmitteln. Rezeptionistin und
Manager begrüßen uns freundlich. Während wir an einem kleinen Tischchen die Anmeldeformulare ausfüllen, serviert man
uns das kochend heiße Nationalgetränk: Pfefferminztee mit viel
Zucker.

Dann beziehen wir unser nettes, nicht allzu großes Zimmer.
Das üppige Bett wirkt einladend. Vom Balkon aus haben wir
die ganze Anlage im Blick. Nachdem wir unsere Sachen eingeräumt und den Unmut wegen der Kofferpackerei überwunden
haben, setzen wir uns mit einem Glas Rosé-Wein an den Pool,
lassen die Szene auf uns wirken und amüsieren uns über die
vielen Spatzen, die frech und hungrig nach Krümeln jagen. Der
Pool ist für sie eine überdimensionale Pfütze, in der man herrlich baden und aus der man genüsslich trinken kann.

Zum Abendessen machen wir uns auf den Weg in die Stadt.

Von unserem Hotel an der Strandpromenade sind es nur wenige hundert Meter bis zur Altstadt. Während unseres Weges am Meer entlang haben wir das Panorama der Stadtmauer vor Augen. Durch das Stadttor Bab Sbaa gelangen wir in die Neue Kasbah. Wir gehen durch das Tor am Uhrturm zum Place Chefchaoueni. Dort finden wir ein kleines Lokal mit origineller Bestuhlung, sehr hoher Holzknüppel-Decke und ansprechender Speisekarte. Wein gibt es hier natürlich nicht. Bei Wasser und Pfefferminztee und nach höllisch scharfem »Gruß aus der Küche« genießen wir unsere Tajine-Gerichte mit Stücken von Doraden und gedünsteten Zitronenvierteln. Als Dessert serviert uns der freundliche Kellner cremigen Joghurt mit Vanillegeschmack.

Durch die offene Tür beobachten wir die vorbeiflanierenden Einheimischen und Touristen, die eiligen Laufburschen, die schlurfenden Alten und die zerlumpten Bettler. Wir sehen zu, wie mit Leiter und Haken der Teppichhändler gegenüber allmählich seinen Stand abbaut. Es ist spät; er macht Feierabend.

Aus dem Haus gegenüber tritt ein alter Mann. Unter seinem senffarbenen Umhang holt er eine Plastikschüssel hervor. Er gibt ein paar schnalzende Laute von sich. Dann klopft er mit einem Löffel an die Schüssel. Sofort strömen Katzen herbei: graugetigerte, rotblonde, schwarzweiße, die meisten recht gepflegt wirkend, einer allerdings hat ein zerrupftes Ohr. Der Alte spricht mit ihnen in einem melodischen Singsang. Hingebungsvoll füttert er die Bande. – Wir sind gerührt.

Wir treten den Rückweg an. Es ist dunkel und sehr diesig. Aber auf der hell erleuchteten Strandpromenade ist viel Betrieb: Es wird Musik gemacht, Popcorn wird produziert, Zuckerrohr zu Saft gequetscht und aus fahrbaren Miniküchen wird allerlei

Essbares verkauft. Touristen und Einheimische, Jung und Alt, bis zur Nasenspitze verhüllte Frauen, in Shorts und schulterfreiem Top flanierende junge Mädchen, Kinder, Eltern und Großeltern, alle tummeln sich stressfrei auf der breiten Promenade. Bewohner und Gäste der Stadt scheinen erst jetzt so richtig munter geworden zu sein. Wir aber sind nach dem langen Tag geschafft und fallen todmüde in unser herrlich weiches Hotelbett.

KLAUS PETER WALTER

Wölfi und Turbo

Mona war Turbo, aber Wolfgang eben nur Wölfi. Ihren richtigen Namen hatte Turbo wahrscheinlich selber längst vergessen. Irgendwie schien sie permanent high zu sein. Obwohl sie in Wölfis Alter war, hatte sie bereits drei Söhne und eine Tochter von vier verschiedenen Vätern unterschiedlichster Hautfarbe. Bei dem Mädchen hatten sogar mehrere mögliche Papis zur Auswahl gestanden. Erst ein DNA-Test hatte den Zahlungspflichtigen festnageln können.

Wenn es für Schulversagen, Lehrerhinschmeißen und Bockmistbauen Meisterschaften gäbe – Wölfi hätte die Bude voller Goldmedaillen. Gerade war er von einer weiteren Weltreise zurückgekehrt. »Mit JVA-Tours«, wie er immer kryptisch behauptete.

Die erste Reise hatte er antreten müssen wegen dieses blöden Überfalls. Dabei hatte er in der Sparkasse einer Omi einen Schreckschussrevolver gegen die Stirn gedrückt. Die Omi war ihm vor Schreck glatt vor die Füße gekippt. Dabei war ihm die Trommel aus der Waffe gefallen und über den Steinboden gekullert. Das hatte sogar Omis halb dementer Gatte gerafft und ihm spontan seinen Krückstock ins Genick gehauen. Mit soviel Schmackes, dass Wölfi erst wieder im Krankenwagen aufgewacht war. In Handschellen und mit einem Tropf am Arm.

Die zweite JVA-Tour war direkt im Anschluss an die erste fällig geworden. Nach der Heimkehr hatte im Krankenhaus ein Arzt wissen wollen, ob er eigentlich in westlicher Richtung oder nach Osten, wie bei Jules Verne, aufgebrochen sei. Wölfi hatte gar nicht verstanden, was der Klugscheißer von ihm wollte. Da hatte er ihm eine gelangt. Der Doktor hatte sich aber nix gefallen lassen. Konnte Karate oder so was. Glatter Armbruch, damals. Hatte ihn seelenruhig eingegipst, bevor er die Polizei holte.

Jetzt wollte Wölfi seine Rückkehr feiern. Seine Wiederauferstehung. Auf der Wersauer Kerb, wo der »Verein der Kerbborsche« immer die lokalen Junggesellinnen und -gesellen versteigerte. Zu Gunsten armer Negerkinder. Oder für irgendeinen anderen guten Zweck. Bei Tanz und guter Laune mit dem Musikzug der Freiwilligen Feuerwehr, den »James Lasts vom Spritzenwagen«.

Auf der Festzelt-Bühne produzierte sich der Dorf-Gottschalk Tommy. Im wirklichen Leben war er Sachbearbeiter bei Telefon, Gas, Elektrik oder so was. Einer von denen, die immer Drohbriefe schickten.

»... ist es sicherlich Ihrer Aufmerksamkeit entgangen, dass Sie mit Ihren Zahlungen seit drei Monaten im Rückstand ... wenn Sie nicht bis ... sehen wir uns gezwungen ... Mit freundlichen Grüßen ...«

Wölfi war eben momentan etwas klamm. So what?

Die Junggesellin und Vierfachmami Turbo hüpfte als erste aufgekratzt auf die Bühne. Wölfi kannte sie gut! Er war mal mit ihr in eine Klasse gegangen. Damals war sie noch die kleine graue Mona gewesen. Jetzt war sie – Mann, boa ey! – die geil gestylte Wucht in Tüten! Schlank wie ein Tännchen, trotz der Blagen. Ärmelloses weißes Top mit Spagettiträgern und supertiefem Ausschnitt. Toll braun. Dazu Wuschelmähne, Batman-Logo-Tattoo auf den Oberarm, dreifarbige lange Fingernägel und Piercing im Nabel. Und sicher überall sonstwo. Mit der hätte er gern mal 'rumgemacht! Darum steigerte er auch mit, stieg aber bei fünfzig Euro aus. Mehr hatte er nicht. Den Zuschlag erhielt so ein Lackaffe im Anzug. Für dreihundert Euro Cash auf die Kralle! Einfach so! Turbo sah zu Wölfi herunter. Mit Daumen und Zeigefinger der rechten Hand zeigte sie ihm ein »L«. Voller Wut grüßte er mit derselben Geste zurück. Selber Looser!

»Und Sie sind...?«, fragte Tommy den strahlenden Sieger, der mit zwei schnellen Sprüngen die Bühne erklommen hatte.

»Weyand. Dr. Markus Weyand.«

Schitt, dachte Wölfi, schon wieder so ein Quacksalber!

»Sind Sie nicht Tierarzt?«

»Nein, warum?«, kam es zurück, »fehlt Ihnen was?«

Tommy zeigte keinen Ärger, sondern lachte übertrieben laut, klopfte dem Doktor leutselig auf die Schulter, nahm ihm das Geld ab und schob ihm Turbo die Arme.

»Nur in gute Hände abzugeben, Herr Doktor! Viel Spaß mit ihrer Neuerwerbung!«

»Werden wir haben«, kam anzüglich die Antwort.

Turbo strahlte den Nicht-Tierarzt begeistert an, applizierte eine Links-rechts-links-Kombination Küsschen und umarmte ihn heftig. Dann durfte er zu einem vom Musikzug kurz angespielten What's new, Pussycat? ein paar Walzerschritte mit ihr machen. Und danach wahrscheinlich sonst noch was, keine Ahnung. Jedenfalls verschwanden die beiden gleich darauf, von einem Riesentrara begleitet, mit viel Winkewinke und Luftküsschen von der Bühne. Tusch und The winner takes it all von Abba.

Wölfi pfiff sich daraufhin so schnell zwei Bier und drei Wodka hinein, dass er nur noch wie durch Watte mitbekam, dass Tommy neue Kandidaten suchte. War eben nichts mehr gewöhnt von den vielen Weltreisen! Schließlich schwankte er zurück vor die Bühne. Als jemand ihn in Richtung Treppe schubste, drehte er sich um. Hinter ihm stand Turbo. Ohne The winner takes it all, aber ein Stubbi in der Hand.

»Los, du Flasche, trau dich!« rief sie und schubste noch einmal. Wölfi stolperte die drei Stufen hoch und kam neben Tommy zu stehen.

»Applaus für diesen mutigen jungen Mann!«

Es wurde still im Festzelt. Ein paar, die Wölfi kannten, pfiffen laut.

»Und du bist...?«

»Wölf-, äh, Wolf!«

»Wolf? Hoffentlich nicht der böse Wolf?!«

Lacher aus dem Publikum.

»Ne, eher nich'!«

»Und du bist nicht verheiratet?«

»Ne!«

»Und was machst du beruflich, Wolf?«

»Ich bin... frei... freiberuflich tätig,« log Wölfi. »Im Au- Außendienst! Aber i-ich war... verreist!«

Seit dem Schlag mit der Krücke hatte er immer, wenn er aufgeregt war, Hänger beim Reden.

»Na, wenn das nix ist! Dann wollen wir mal zur Versteigerung schreiten. Mindestgebot zehn Euro. Wer bietet mit? Für einen hoch eloquenten unverehelichten Freelancer! Ich höre nix!«

Niemand bot etwas. Stattdessen begann hinten beim Notausgang einer zu grölen.

»Oijoijoijoijoijoijoi, auwauwauwauwau!« Und plötzlich sang das ganze Zelt diesen Karnevalsmist mit.

»Zehn Cent kannste kriegen!« brüllte jemand.

»Ihr wisst doch, Freunde, das Mindestgebot sind zehn Euro«, versuchte es Tommy noch einmal.

»Zehn Euro! Wer wagt es, Rittersmann oder Knapp'? Ich höre immer noch nichts!«

»Oijoijoijoijoijoijoi!«

»Na gut, Freunde, weil Ihr es seid! Ausnahmsweise! Nur heute! Ein Sonderangebot! Fünf Euro! Wer bietet wenigstens fünf Euro?«

Wölfis abstehende Ohren glühten. Wenn jetzt das Licht ausgegangen wäre, hätten sie als rote Notbeleuchtung dienen können.

»Die fünf Euro kannste mir geben«, rief Turbo. Drei oder vier bis in die Haarspitzen aufgebretzelte Girlies in ihrer Begleitung, Marke *Beste Freundin*, klatschten auf der Stelle hopsend in die Hände. Letzter Versuch Tommys.

»Drei Euro!« rief er ins Mikrophon. Er schaltete es ab, bevor er Wölfi leise etwas fragte.

»Haben die was gegen dich, Wolf?«

»Ich ...«

Wölfi versagte die Stimme. Tommy gab wieder Saft aufs Mikro.

»Ich fürchte, unser Wolf hier wird der Ladenhüter des Abends! Aber Ihr wisst ja, Freunde: alles muss raus! Da kommen auch schon unsere Entsorgungsfachfrauen! Auf geht's, Mädels! Pack mer's!«

Zwei uniformierte Freistilringerinnen, mindestens einen Kopf größer als Wölfi und mit Sonnenbrillen in ihren Gorillavisagen, kamen auf die Bühne getrampelt, packten ihn unter den Armen und trugen ihn mühelos hinaus. Der Musikzug intonierte Anchors away. Das Publikum klatschte johlend mit. Wölfi hätte kotzen können! Vor dem Hinterausgang ließen sie ihn einfach fallen. Wölfi rutschte auf einer Bierpfütze aus. Beinahe hätte er sich hineingesetzt.

In der nächsten Viertelstunde investierte er den Rest seiner fünfzig Euro in Bier mit Wodka. Wie er an den offenen Hintereingang des Küchentraktes gekommen war, wusste er später dann nicht mehr so genau. Drinnen halbierten zwei Schülerinnen mit weißen Schürzen eifrig Brötchen für Hotdogs. Als auf der Bühne der Stargast Gaby Baginsky «Lass mich deine Sonne sein« zu singen begann, legten sie eine Pause ein und hörten ihr, Wölfi die Rücken zuwendend, wie gebannt zu. In den Brötchenkrümeln auf dem Tisch lag ein Sägemesser mit orangem Griff.

»Nimm mich mit!«, rief es ihm zu.

Als er wieder ins Festzelt kam, hatte er das Messer im Ärmel. Gaby Baginsky sang immer noch.

An der Bierausgabe genehmigte sich Moderator Tommy, von einer Schar Elfjähriger umringt und angehimmelt, ein Bitburger Passion direkt aus der Flasche. Bei Wölfis Anblick grinste er breit.

»Na, kleiner Wolf? Immer noch hier?«

Kumpelhaft knuffte er seinen Oberarm. Das war zu viel! Wölfi riss das Messer heraus. Bei dessen Anblick machte Tommy, die Flasche noch in der Hand, eine Abwehrbewegung. Die klebrige rote Flüssigkeit spritzte Wölfi mitten ins Gesicht. Ringsum spitze Schreie von Frauen und Rufe wie »Vorsicht!« von Männern. Sehen konnte er kaum etwas, aber er spürte den eisernen Griff, der seinen Arm verdrehte, bis er das Messer fallen ließ. Er versuchte noch nach der riesigen Feuerwehruniform zu treten, die er schemenhaft vor sich wahrnahm. Eine gewaltige Ohrfeige war die Antwort. Oder hatte ihn ein Feuerwehrauto gerammt? Selbst als grobe Fäuste ihn nach draußen zerrten, kapierte er immer noch nicht, dass gerade seine dritte Weltreise begann ...

HANNE WEIGANG

Omas Fest

Zum Weihnachtsfeste
nur das Beste
und hinterher
noch leckere Reste.
So ist der Plan.
Doch sie denkt
und Gott lenkt
und es kommt anders
als Oma denkt.
Denn zum Fest
das ist sein Plan
kommt nun auch
der Onkel Jan.
Und leckere Reste
vom Festtagsessen
kann man vergessen.

Sonntags

Immer wieder sonntags
wünscht er sich ein Ei.
Und sie denkt sonntags,
sie habe auch einmal frei.
»Nur ein Fünf-Minuten-Ei«,
quengelt er so nebenbei.
Und sie lässt sich erweichen,
kocht ihm halt sein Eichen.
Dann strahlt er sie glücklich an.
»Er ist doch ein guter Mann«,
denkt sie an des Frühstücks Schluss.
Er gibt ihr einen lieben Kuss.

Ein großer Traum

Es schlängelt sich im Wüstensand
die Schlange, Hildegard genannt.
Sie zischt und schlängelt so vor sich hin:
»Warum ich nur in der Wüste bin.«
Sie träumt vom großen weiten Meer,
die Mutter schürt die Neugier sehr.
Doch Olaf, der Mann von Hildegard,
der stets den Überblick bewahrt,
fragt: »Was willst du denn am Meer?
Das frage dich einmal, bitte sehr.
du kannst doch keinen Meter schwimmen!«
Hildegard nickt: »Ja, das kann stimmen.«

Oktober

Rotes Weinlaub und Sonnenschein.
Ach Oktober, so schön kannst du sein.
Blauer Himmel durchscheint Baumkronen.
Wär ich ein Vogel, würd ich gern dort wohnen.
Kugelhagel? – Es raschelt und knallt !!
Nein, nein die Eicheln fallen halt.
Der Wind weht böig aus Südwest.
Die Waldkäfer feiern heute Oktoberfest.

Der letzte Ritt

Auf Barbados gibt's ein Schloss
und dazu noch ein weißes Ross.
Die Schlossherrin Kunigunde
dreht dort ganz oft ihre Runde,
mal mit und auch mal ohne Ross,
denn es ist ihr Pferd und auch ihr Schloss.
Einst fiel sie vom Ross herunter
und wurde dann nicht mehr munter.
Sie verschied noch in der Nacht
still und leise und ganz sacht.
Nun dreht sie als Gespenst die Runde,
die tote Schlossherrin Kunigunde.

Die Eselin

Zwei Esel hatten einen Streit,
der eine war ganz voller Neid.
Der andere war des Lobes voll,
er fand die Nachbareselin toll.
Wie sie auf grazile Weise
und dazu noch ziemlich leise
auf der Weide galoppiert
und sich dreht so kompliziert.
Dem Neider war das zu viel,
er trabte davon, ganz grazil.

Ein Festessen

In der hintersten Gartenecke
lauert Anton, die Nacktschnecke.
Er will schnell zu den Salaten
und kann es kaum noch erwarten.
Doch er muss vorbei an einem Igel,
der ruht hinter einem alten Ziegel.
Er kriecht ganz leise, ohne Krach,
doch plötzlich wird der Igel wach.
Und statt Salate zu verspeisen,
enden so nun Antons Reisen.
Der Igel ist jetzt wohlig satt,
schläft ein auf einem Brombeerblatt.

Hurra!

Vom Zaubertiger zum Überflieger
Vom auf-den-Schultern-Träger
Zum den-Hof-Ausfeger
Vom schöne-Reisen-Planer
Zum Kasperle-Nachahmer
Vom verheulte-Nasen-Putzer
Zum zärtlich-Nasen-Stupser
All das macht Papa!

Gentlemanlike

Fritzchen fährt morgens im Schulbus. An der nächsten Halte-stelle steigt eine hochschwangere Dame ein, die keinen Platz findet.

Fritzchen sagt zu ihr: »Hier bitte, nehmen sie meinen Platz« und steht auf.

»Danke«, sagt die hochschwangere Dame. »Du bist aber ein Gentleman.«

Fritzchen freut sich über das Lob und geht beschwingt zur Schule.

Die Lehrerin Frau Striegel hat heute Geburtstag und Maike hat als Klassensprecherin einen Strauß weißer Margeriten ge-pflückt, der schon in einer Glasvase auf dem Lehrerpult steht. Dirk hat seine Geige mitgebracht und so empfangen sie Frau Striegel mit einem einstimmigen: »Guten Morgen Frau Striegel und alles Gute zum Geburtstag.«

Frau Striegel freut sich sehr. »Ach wie nett. Vielen Dank für den schönen Blumenstrauß und die Glückwünsche.«

Dirk bringt seine Geige in die richtige Stellung und die gan-ze Klasse singt: »Zum Geburtstag viel Glück, zum Geburtstag viel Glück, zum Geburtstag, liebe Frau Striegel, zum Geburtstag viel Glück.«

Frau Striegel freut sich und strahlt übers ganze Gesicht. »Danke schön, das ist aber lieb von euch. – Heute wollen wir es etwas ruhiger angehen lassen. Wer von euch weiß denn, was ein Gentleman ist?«

Da meldet sich Fritzchen sofort. »Ja bitte, Fritzchen.«

»Ein Gentleman ist einer, der eine schwangere Frau sitzen lässt«, und strahlt dabei übers ganze Gesicht.

Die Lehrerin schaut entsetzt und Fritzchen kann gar nicht verstehen, warum sie so entsetzt guckt.

»Aber Fritzchen, wie kommst du denn darauf? Ist das in eurer Familie schon vorgekommen?«

»Ja klar! Mir ist das heute Morgen im Bus passiert!«

Und die ganze Klasse einschließlich Frau Striegel bricht in lautes Lachen aus.

PETRA WIEDER

Wattenmeer Schlaraffenland

Die Nordsee inklusive Watt
macht jede Menge Mäuler satt.
Das Wattenmeer, das ist bekannt,
ist ein Eins-A-Schlaraffenland.
Für Möwe, Fisch und den Tourist
das Tischlein gut gedeckt hier ist.

Das Meer zieht sich zurück. Es bleibt
nur Meeresboden weit und breit.
Die Möwen kreischen und frohlocken:
Die Krabben liegen nunmehr trocken.
Man braucht sie nur noch aufzulesen.
Das war's für Krabben jetzt gewesen.

Oh Wattenmeer mit breitem Strand,
man preist dich als Schlaraffenland.
Die fette Krabbe widerspricht:
»So toll find' ich's nun wirklich nicht.«

Steife Brise

Die Möwe fliegt, so gut sie kann,
gegen Wind in Richtung Damm.
Im Meer vorm Damm, da wird gefischt
und das Frühstück aufgetischt.

Von einer Bö wird sie erwischt.
Sie flattert rückwärts mit Verzicht
aufs Frühstück: »Dann halt nicht!«

Durch Sturm-Bö und viel Federlesen
ist's mit Frühstück nix gewesen.

Wetter an der Waterkant

Das Wetter kommt, wie jeder weiß,
meist schlecht von Westen, was'n Scheiß.
Das Wetter steht hier meist zum Besten.
Wir sind im Norden ... nicht im Westen.

Lach-Möwe

Am Nordseestrand, die Luft ist frisch,
und salzdurchtränkt, erholt es sich
Eins A. Dort kann man Urlaub machen.
Die Möwe grinst ihr breites Lachen
und hat Verwandtschaft mit dabei.
Die Ruh' verfliegt mit dem Geschrei.
Du wollt'st in Ruhe Urlaub machen
und find'st den Zustand nicht zum Lachen.

Zweifelhafter Kur-Urlaub

Die Luft ist würzig und markant
am so beliebten Nordseestrand.
Die Salzluft, die macht Appetit
auf Bratkartoffel und Pomm'-Frit'.
Dieses weiße Salzkristall
findet man auf jeden Fall
auf Pomm' Frit' und in der Wurst.
Man setzt Speck an und hat Durst.
Zufrieden schlürft man ein, zwei Bierchen
für die beiden Trocken-Nierchen.
Dank des weißen Salzkristalls
schmeckt alles besser und der Hals
bleibt gesund dank Jodgehalt.
Mit dem Rezept wird man steinalt.

Bei Zweifeln fragen Sie Ihren Arzt oder Apotheker

Peloponnes – Hand der Götter

Letzter Urlaubstag. Die Koffer sind gepackt und wir startklar. Es ist 17:00 Uhr. Etwas wehmütig steigen wir in den klimatisierten Bus, der uns zum kleinen Flughafen entlang des Meeres bringt. Ein knappes Stündchen Zeit, um von Peloponnes und dem geliebten Meer Abschied zu nehmen. Es waren sonnen-, kultur- und kalorienreiche Urlaubstage. Das absolut Richtige zur Regeneration strapazierter Nervenstränge.

Nach landesüblich chaotischem Abfertigungs-Prozedere betreten wir um 20:00 Uhr die Abflughalle.

Geschafft. In 15 Minuten sollen wir einsteigen und Richtung Heimat abheben. Drei weitere Flüge sind fast zeitgleich mit einem viertelstündigen Versatz nach München, Stuttgart und Düsseldorf angesetzt.

Die Abflughalle, wobei Halle als maßlos übertrieben bewertet werden kann, ist sehr eng und spärlich bestuhlt, so dass die Passagiere dicht gedrängt diskutierend herumstehen, um eine Durchsage zu verstehen, die mit griechisch koloriertem Englisch blechern durch den Lautsprecher hallt.

Irgendeine Maschine hat Verspätung und wird voraussichtlich eine halbe Stunde später fliegen. Wie sich nach erfolgreicher Meinungsumfrage seitens der Fluggäste untereinander herausstellt, ist es unsere. Mittlerweile ist das Foyer mit Passagieren prall gefüllt, da weitere Fluggäste der anderen Flüge in die Halle strömen.

Es wird »kuschelig«.

Innentemperatur und Laune steigen.

Wir bilden eine enge Gasse – eine breite Gassenbildung ist bei diesen Verhältnissen ausgeschlossen – für die Fluggäste, deren Flug planmäßig geht und uns aus jetzt bekannten Gründen abflugmäßig überholen.

Eine weitere Durchsage versorgt uns mit neuen Informationen. Die ursprüngliche Maschine, mit der wir zurückfliegen sollten, sei defekt, und eine Maschine der Penguin-Airways käme zum Einsatz.

Penguin-Airways? Nie gehört. Die Smartphones werden bemüht. Hektisches Tippen während der Suche nach der uns unbekannten Fluggesellschaft.

»Gefunden!« tönt's aus der einen Ecke der Menge.

»Britisch«, aus der anderen.

»Die haben 12 Flieger.«

»Seit wann können Pinguine fliegen?«

»Flottendurchschnittsalter: 15 Jahre.«

Beruhigt uns das?

In der stickigen Abflughalle wird es etwas luftiger, weil Urlauber, deren Flug planmäßig geht, erneut in Richtung Rollfeld an uns vorbeiziehen und das Flughafenpersonal alle Glasschiebetüren wegen der Überhitzung jetzt geöffnet halten. Inzwischen ist es bereits dunkel.

Endlich. Unsere Maschine landet. Die »neuen Urlauber« steigen aus. Wir »alten Urlauber« fungieren quasi als Empfangskomitee und gehen ihnen entgegen. Während wir wartend auf dem Rollfeld stehen, wird die Maschine ent- und mit unseren Koffern beladen und gleichzeitig aufgetankt.

Zunächst nur am Rande bekommen wir mit, dass es zwei Fluggäste gibt, deren Rückflug sich als äußerst problematisch gestaltet. Eine Frau und ihr Hund. Die Ersatzmaschine der britischen Fluglinie hat keinen Transportraum für den Hund. Sie ist lediglich mit Fluggastkabine und dem Laderaum für das Gepäck ausgestattet. Beide Möglichkeiten stehen außer Frage. Schockgefrostet soll und will der Hund sicherlich nicht zu Hause ankommen und in der regulären Fluggastkabine ist das Mitführen von Hunden nicht gestattet. (Für vier Pfoten verboten.)

Inzwischen haben wir es uns im Flugzeug gemütlich gemacht in der Hoffnung, dass auch für den Vierbeiner eine Lösung gefunden wird.

Auf den Vorschlag, ohne Hund nach Hause zu fliegen und diesen nachschicken zu lassen, geht die Frau verständlicherweise nicht ein. Das Ergebnis der Entscheidung: der Hund fliegt nicht mit, die Frau fliegt nicht mit - und ihr Gepäck fliegt auch nicht mit. Dies wirft erneut Probleme auf.

Mit dem Hochgefühl, endlich im Flieger zu sitzen und der Annahme demnächst abzuheben, schauen wir den »Gepäckträgern« - gegenwärtig zu »Gepäckjägern« avanciert -, zu, wie sie die Ladeluke erneut öffnen und stichprobenartig nach dem roten Koffer der Frau mit Hund Ausschau halten. Dass der Koffer rot ist, weiß hier mittlerweile jeder, denn inzwischen wird laut diskutiert und palavert:

»Wir haben echt Glück, dass es nicht auch noch einen grünen Koffer zu suchen gibt.«

»Ist die Frau denn sicher, dass ihr Koffer rot ist?«

»Mit stichprobenartigem Suchen wird das nix.«

»Besser und zeitsparender wäre es, die Koffer vollständig wieder auszuladen.«

»Ach gugg ma', das ist ja meiner!«

»Ich muss aufs Klo.«

»Das ist in Parkposition leider nicht gestattet.«

Zeit- und Blasendruck steigen.

Die Stichprobensuche ergibt wie befürchtet natürlich nichts, sodass nun tatsächlich doch alle Koffer aufs Band kommen und eine Komplettentladung vorgenommen wird.

Die Flugbegleiterin ist nervös. Warum? Der Countdown läuft. Das Zeitfenster für die Landung in Frankfurt wird immer enger. Mit einer Ausnahmegenehmigung könnte es vielleicht gerade noch klappen, wenn jetzt gleich losgeflogen werden könnte. Ansonsten landen wir in Bremen. Tolle Aussichten! Die Fluggäste sind begeistert. Alle hoffen und bangen, dass der Koffer schnell gefunden wird.

Dann. Endlich. Ein Aufschrei! DER ROTE KOFFER ist gefunden. Lautes Gejohle. Es kann endlich und zügig losgehen. Jedoch müssen zunächst alle ausgeladenen Koffer wieder zurück in ihr Exil. Das beschert uns eine weitere Verzögerung. Auch der Pilot hat es jetzt eilig. Kaum ist die Gepäckluke geschlossen, heulen auch schon die Motoren zum Start auf. Die Stimmung unter den Passagieren ist prächtig. Man hat Kontakte geknüpft und Gesprächspartner zur Situationserörterung gefunden und reißt Witze.

Inmitten der vorherrschenden Hochstimmung ertönt eine hektische, für uns Passagiere unverständliche Durchsage seitens des Piloten an die Crew, die im Schweinsgalopp zeitgleich mit einem äußerst starken Kerosin-Gestank durchs Flugzeug schießt mit den Worten: »Raus. Raus! Alle schnell raus! Handgepäck liegen lassen!« Ein eben noch von einer Flugbegleiterin vorgeführtes Muster-Sauerstoffhütchen für Notfälle fliegt eine Bogenlampe.

Schräg gegenüber ein Fluggast: »Ähm, ich glaub', das Triebwerk brennt.« »Klar doch, das Triebwerk brennt.« Irgendwie realisiert man die Tragweite dieser Aussage in Zusammenhang mit dem Kerosin-Gestank nicht so ganz. Nachdem das Gehirn diese Informationen verarbeitet und für weiche Knie gesorgt hat, leistet man der Anordnung Folge und verlässt das vollgetankte Flugzeug – mit Handgepäck.

Auf dem Rollfeld wimmelt es bereits von Löschzügen.

In der Abflughalle wimmelt gar nichts mehr. All die anderen Fluggäste und das Personal sind zu Hause bezehungsweise auf dem Weg dorthin. Es wird kolportiert, dass die Frau mit Hund den Flug nach Stuttgart genommen hat.

Verloren, im leeren Flughafengebäude stehend, mit dem Wissen, heute nicht mehr nach Hause zu kommen, begreifen wir allmählich alle, dass wir durch die Hand der Götter wahrscheinlich nicht nur einen weiteren (Urlaubs-)Tag unseres Lebens erhalten haben ... oder waren es vielleicht doch nur die vier Pfoten eines kleinen Hundes ..?

Sch(l)üsselfrage

Den Nordsee-Urlaub voll bezahlt.
Das Meer im Geiste ausgemalt.
Ein Traum von Sonne, Strand und Meer.
Drum kam ich schließlich auch hierher.
Mit einem ganz besondren Flair
ist der Bottich hier halb leer.

Ich frag' mich immerzu: »Wer hat
den Stöpsel von dem Nordsee-Watt?«

FRED WOHLFAHRT

Kaltes Bier statt Kalabrien

Schon vor Heilbronn verließ uns das Tramperglück auf den Weg in den sonnigen Süden. Mit erfolgreichen Abiturzeugnissen und einigen gesparten Märkchen wollten Peter und ich als Anhalter die italienische Stiefelspitze Kalabrien erobern, oder wenigstens den unendlich langen Sandstrand von Rimini besuchen. Ende der 1970er Jahre waren Tramper an deutschen Straßen zwar nicht außergewöhnlich, jedoch begann diese Form von Hippiereisen leise zu sterben. Und weil wir den überwiegend männlichen Kraftfahrern keine weiblichen Reize vorweisen konnten, wurden die Stunden am Fahrbahnrand irgendwann unerträglich lange. Dann halt Plan B.

Der herrlich warme Sommer versprach eine wunderbare Rundreise in der näheren und weiteren Heimat, und zwar von Fest zu Fest. Vor dem Berufsstart noch einmal richtig einen draufmachen, mit Leuten, die die gleiche Sprache sprachen, mit günstigem Bier, das lecker schmeckte, mit Apfelwein, den man gewohnt war, und mit Geld, das man ohne Umrechnung ausgeben konnte. Von der Käthchenstadt den Neckar entlang stromabwärts, am dritten Juniwochenende kamen wir in Neckarsteinach zum Backfischfest an. Petri Heil – drei Tage lang tolle Stimmung, und unsere Dienste als Kellner, hinter dem Zapfhahn oder am Grill wurden angemessen entlohnt. Die nächsten vier Tage brauchten wir dringend zur Erholung, um die hübsche Kirschenkönigin samt Prinzessinnen des Kirschenfestes in Neunkirchen zu hofieren. In Deutschland gibt es übrigens achtzehn Ortschaften mit dem Namen Neunkirchen, dieses liegt bei Aglasterhausen jenseits des Neckars. Nach drei fantastischen Tagen und Nächten gab man uns den Tipp, weiter nach Hirschhorn zum Bienenfest zu reisen. War auch nicht schlecht, wenn auch nur ein besseres Grillfest, aber auch hier war unsere Mithilfe beim dem kleinen Stamm von aktiven Imkern sehr willkommen und mit reichlich Bier und Wurst abgegolten.

Von Hirschhorn ging es diesmal für uns zwei kräftige Wanderer rund zwanzig Kilometer nach Norden, mit unserer ersten Hotel- und Badewannenrast in Rothenberg, um pünktlich zum Gäulchesmarkt in Beerfelden anzukommen. Ich verkraftete dieses vierte und nun viertägige Wochenende hintereinander in Saus und Braus sehr gut, Peter überhaupt nicht.

Ich solle ihm nicht böse sein, er wolle die letzten freien Tage und Wochen lieber im elterlichen Balkonien genießen. Macht auch nix, reise ich alleine weiter. In der Odenwälder Metropolregion Erbach-Michelstadt wohnt doch Tante Margit, dort gibt es bestimmt ein Schlafplätzchen über den Wiesenmarkt.

Die Begrüßung von Margit und Ehegatte Martin war grandios, ich kam mir vor wie bei der Rückkehr des verlorenen Sohns. Und natürlich könne ich bei Onkel und Tante schlafen, wegen des Umbaus allerdings in einer unbeheizten und mangels Isolation saharaheißen Kammer neben dem Sarglager, gerne auch länger. Martin war nämlich Bestatter und freute sich auf etwas Hilfe an diesen heißen Sonnentagen. Natürlich war ich bei dem Gedanken an so 'ne tote Leich' recht erschrocken, doch schon im zweiten Moment erschien es mir eine gute Chance, den Umgang mit Toten für meine spätere berufliche Karriere zu üben.

Körperlich gestärkt durch delikaten Zimtkuchen, geduscht, rasiert und mit frischem Hemd ging es beizeiten zur inoffiziellen

Wiesenmarktseröffnung am Donnerstagabend, nur Einheimische, alleine ich als fremder Tourist dazwischen. Der Mann mit dem Dreispitz auf dem Kopf zierte die Flaschen, die Bratwurst wuchs auf den Mümlingtalwiesen groß und Leute, denen das Feiern in die Wiege gelegt wurde, das nenne ich Heimat.

Die Landung mit etwas schwerem Kopf erfolgte freitagmorgens, ich durfte mit Dimitri einen Verstorbenen für die Beisetzung vorbereiten. Leichentoilette nennt man diese Tätigkeiten: ausziehen, waschen, leicht schminken, den Sonntagsanzug anziehen. War ja gar nicht so schlimm. Dimitri war ein alter Russe, der seine Kriegsgefangenschaft im Odenwald so sehr genoss, dass er auch nach 1945 in Deutschland blieb und bei freier Kost und Logis, samt ausreichendem Gehalt für Klamotten, Kautabak und Wodka, über der Schreinerei wohnte. Montagsfrüh kurz nach Mitternacht, ich trottete gerade vom Festplatz nach Hause, setzte mich Martin auf den Beifahrersitz seines schwarzen Kombi, um von einem Bauernhof außerhalb eine Oma abzuholen. Tolle Schlagzahl im Bestattungswesen, dachte ich, oder sterben momentan mehr Leute wegen der hohen Temperaturen?

Der Transport ging aber flott, den wuchtigen Sarg die schmale Sandsteintreppe hoch, in den noch schmäleren Flur des Fachwerkhauses. Bei zwanzig Watt Schlafzimmerbeleuchtung das Mütterchen an Händen und Unterschenkeln gegriffen, zart in die Holzkiste gelegt, Deckel drauf und Wiedersehen.

Mein eigentliches Problem folgte am nächsten Morgen, weil sich mein Onkelchen recht früh auf den Weg zum Frühschoppen machte, um mit seinesgleichen das Wiesenfest ausgiebig zu feiern. So machte ich mich mit dem Mann aus dem Osten ans Werk, stellte jedoch rasch etliche ungewöhnliche Merkmale an der toten Frau fest. An dem rechten Handgelenk waren rundum dunkelrote breite streifenartige Flecken vorhanden, wesentlich schlimmer jedoch punktförmige rote Flächen auf beiden Backen und tiefrote Adernzeichnungen in den Augen. Irgendetwas stimmte auch mit der Nase nicht, war wohl gebrochen? Ich zeigte Dimitri diese Stellen und sagte: »Mord! Die Frau ist ermordet worden. Wir müssen die Polizei holen!«

»Nix Polizei, schaff' doi Awweit. Geht uns nix an, nix Polizei!«. Dann schwiegen wir, ich traute mich nichts mehr zu sagen. Wenn nur Onkel da gewesen wäre, und selbst Tante Margit war unterwegs zum Einkaufen. Ausgerechnet mir, und das zum Wiesenmarkt.

Schließlich fiel uns ein, dass wir in der Hektik der Nacht keine Kleider mitgenommen hatten, eine Aufbahrung oder Bestattung mit einem durchnässten Nachthemd kam keinesfalls in Frage. Ich nahm den Schlüssel des Caravans mit den Milchglasscheiben und Gardinchen an der Ladefläche und fuhr zu der freistehenden Hofreite in dem benachbarten Odenwaldtal. Den Kombi stellte ich links neben dem geschlossenen Torhaus hinter Haselnusssträuchern ab und ging entschlossen in das Bauernhaus. In der niedrigen Küche links nach der Haustür saßen Landwirt und Frau am Tisch und erschraken sehr, als ich den Raum betrat.

»Ich bin weesche dem Leichenhemd do, also Kleid oder Kostüm oder was wir Ihrer Mutter anziehen solle.« Doch dann platzte es aus mir raus: »Und übrigens ist die Fraa umgebracht worn. Ich kenn mich aus. Und die Polizei wern isch aach informiere!«.

Ich Depp! Im nächsten Moment sprang der Bauer auf, sein Stuhl fiel rückwärts um. Er packte mich mit beiden Händen am Hals, drückte mich aus der Küche, den Flur entlang, die Haustür raus und die Treppe hinunter. Die Frau riss mich am Arm und beide zogen mich mit voller Wucht zu einer alten schweren Holztür in der Scheune, die ich sogleich von innen bewundern durfte. Jetzt saß ich im Gefängnis, einem recht geräumigen Kartoffelkeller, drei in die Außenwand eingelassene Tonröhren spendeten schwaches Licht, das kaum Sicht auf das unregelmäßige Sandsteinmauerwerk ermöglichte.

In diesem Loch werde ich wohl verrecken und verrotten, kein Mensch wird mich hier suchen und finden. Wie auch? Hatte Dimitri überhaupt verstanden, wohin ich fahren wollte?

Stund' um Stund' verging, zumindest kam es mir so vor. In meinem Verlies hörte ich nichts, sah dafür noch viel weniger. Nicht einmal den Sonnenstand konnte ich durch die runden Löcher einschätzen. Zwischenzeitlich hatte ich auf allen Vieren den Boden nach Werkzeugen und die Wände, soweit ich kam, nach irgendwelchen Öffnungen erfolglos abgesucht. Vom Klopfen an die dicke Holztür taten mir die Fäuste weh, meine Knöchel waren blutig verletzt. Die hoffnungslose Situation wurde mir mehr und mehr bewusst. Da gab es keinen Ausweg mehr. Ruhe sanft!

Erschöpft, hungrig und durstig muss ich eingedöst sein. Der starke Lichtstrahl einer Taschenlampe in meinem Gesicht weckte mich auf: »Wieso willst du nit auf de Friehschoppe kumme? Biste oigeschnappt, weil d' was schaffe sollst?«.

Mein Onkel hatte mich gefunden! Dimitri hatte ihn in der Festhalle aufgestöbert, weil ich nicht mehr zurückgekommen war, und ihn über meinen Verdacht informiert. Zusammen mit zwei Kriminalbeamten, die bei Onkel Martin am Biertisch saßen, machte man sich auf den Weg und fand den schwarzen Bestattungswagen am Bauernhof.

In der Küche traf das Suchteam auf den Bauern, der heulend am Tisch saß und voller Verzweiflung seine Geschichte preisgab. Seine Schwiegermutter hätte die ganze Familie über Jahre hinweg drangsaliert und immer wieder mit Enterbung gedroht. Am Sonntagmittag sei es wieder besonders schlimm gewesen, mit Essen hätte sie nach ihm geworfen und seine Frau bespuckt. Griffbereit habe das Kopfkissen neben ihrem Kopf gelegen, es sei auch ganz schnell gegangen. Eigentlich wollte man die Frau nicht umbringen, aber schon sei es passiert gewesen.

Zum Trost wurde ich in meiner letzten Festwoche von allen Seiten eingeladen und rundum verwöhnt. Sehr erfahrungsreiche Zeit im Odenwald!